18세를
반납합니다

18세를 반납합니다

제1판 제1쇄   2019년 6월 24일
제1판 제5쇄   2021년 11월 4일

지은이   김혜정
펴낸이   이광호
주간   이근혜
편집   박지현 라일락
펴낸곳   ㈜문학과지성사
등록번호   제1993-000098호
주소   04034 서울 마포구 잔다리로7길 18 (서교동 377-20)
전화   02) 338-7224
팩스   02) 323-4180(편집)   02) 338-7221(영업)
전자우편   moonji@moonji.com
홈페이지   www.moonji.com

ISBN 978-89-320-3540-6 43810

이 도서의 국립중앙도서관 출판예정도서목록(CIP)은 서지정보유통지원시스템 홈페이지
(http://seoji.nl.go.kr)와 국가자료공동목록시스템(http://www.nl.go.kr/kolisnet)에서
이용하실 수 있습니다.(CIP제어번호: CIP2019021039)

이 도서는 2019년 아르코문학창작기금 지원사업에 선정되어 발간된 작품입니다.

18세를 반납합니다

김혜정 소설집

문학과지성사

차례

~~~~~~

52hz

~~~~~~

오늘이 입학식인데 꽃샘추위가 찾아왔다. 그러잖아도 낯선 학교의 운동장에는 여기저기 파헤쳐진 채 흙더미가 쌓여 있었다. 내 마음과 비슷했다. 아빠 사업에 문제가 생겨서 얼마 전에 서울을 떠나 부천으로 이사를 왔다. 엄마와 아빠는 냉전 중이고, 중학교 2학년인 동생은 언제 터질지 모를 폭탄이었다. 무엇보다 석 달째 생리가 없어 몸이 찌뿌듯하고 마음도 불안했다.

아이들이 우르르 교문을 통과했다. 껑충한 키에 허리를 꼿꼿이 세우고 일정한 보폭으로 걷는 걸음걸이 때문이었을까. 유독 한 아이가 눈에 들어왔다. 댄디한 커트 머리에 후드 티를 걸쳤는데 유난히 다리가 길었다. 뒷모습만으로는 여자애인지 남자애인지 구분이 안 되었다. 교복 바지의 주름이 선명한 것으로 보아 신입생인 듯했다.

입학식이 끝난 뒤 곧장 교실로 이동했다.

앞면 중앙 벽에 삐딱하게 걸린 급훈 액자와 칠이 벗겨진 칠판, 낙서로 도배되다시피 한 벽과 바닥의 껌 자국들로 교실은 어수선했다. 책상에 번호표가 붙어 있었다. 창가 쪽, 뒤에서 세번째가 내 자리였다. 하필, 앞자리가 비어 있어 얼굴이 노출되는 느낌이었다. 지나치게 굳어 있거나 뭔가를 선점해보려는 과장된 움직임들. 왠지 앞으로 펼쳐질 1년이 만만치 않을 것 같았다. 학교 홈페이지에 공지된 필독서 중 하나를 펼쳤다. '그레고르 잠자' 이야기. 소설을 읽는다기보다는 그저 소음에서 도피하는 자구책이었다. 집에서 한 번 읽기는 했는데 내용이 눈에 들어오지 않았다. 책장이 쉽게 넘어가는 책은 아니었다.

이윽고 교실 문이 열리고 담임이 들어왔다. 40대 초반으로 보였다.

"1년 동안 한배를 탄 거니까 잘해보자."

쇳소리가 묻어나는 목소리였다. 담임이 한 명씩 앞으로 나와 자기소개를 하라고 했다. 첫날부터 이런 걸 시킬 건 뭐람. 대부분 출신 중학교와 가족 관계, 별명을 말했다. 나는 출신 중학교와 이름 외에는 더 할 말이 없었다. 다른 도시에서 온 이방인이라고 여기는 눈들이었다. 머쓱하던 차인데 교실로 들어서는 아이가 있었다. 시선이 그 애에게 집중되었다. 등굣길에 보았던 그 후드 티, 여자애였다. 귀에 이어폰을 꽂고 있었다. 그 애는 늘 오던 교실에 들어선 듯 무심한 표정으로 교실을 쓱 둘러보고는 꾸벅 머리를 숙였다.

"이기정입니다."

남자애 같다며 여기저기서 수군거렸다. 여자애들 중에도 간혹 남자애처럼 구는 아이들이 있었다. 말이 거칠거나 몸짓이 큰 경우가 그들이었다. 그 애, 이기정은 달랐다. 햇볕이라고는 쪼여본 적이 없는 것처럼 하얀 피부에 반듯한 이목구비, 누구도 쉽게 범접할 수 없는 분위기가 있었다. 머리칼을 넘기는 섬세한 손가락과 단정한 말투, 반 전체를 일별하는 시선이 단번에 시야를 압도했다. 모두 이기정에게서 눈을 떼지 못하고 있었다.

그 애가 내 앞자리, 비어 있던 자리에 앉았다. 나는 뜬금없이 두근거리는 가슴에 손을 갖다 대었다. 분위기만으로 타인을 주눅 들게 만드는 아이. 그에 견주면 나는 공부를 잘하는 것도 아니고 외모도 평범했다. 중학교 때만 해도 독서 토론 동아리에 가지 않는 한 어디서든 있는지 없는지 모를 정도였다. 한마디로 존재감이 없었다. 무엇보다 작은 일에도 상처를 받고, 우유부단했다. '결정 장애'가 내 별명이었다. 그때나 지금이나 내세울 것 하나 없이 맹탕 같은 나날을 지탱하고 있었다.

일주일이 지나자 그새 얼굴을 익힌 아이들이 본색을 드러내기 시작했다. 껌깨나 씹는 듯 보이는 완주 무리가 표 나게 기정의 주변에서 알짱거렸다. 들리는 말로는 그들과 기정이 중학교 동창이었다. 기정은 그들을 없는 사람 취급했다.

완주가 나를 아래위로 훑었다. 엊그제는 내 발을 걸고 시치미를 떼었다. 이유 없이 상대에게 적대감을 드러내고 상대를 깔아뭉개려는 심리는 뭘까.

"야, 손보라. 나랑 자리 바꿔."

바꾸지 않으면 안 된다는 어투였다. 나는 못 들은 척했다. 완주와 나 사이에 보이지 않는 긴장이 흘렀다.

"선생님이 자리 바꾸지 말랬잖아."

마침 임시 반장이 나서주었다. 그 애도 얼마 전 기정에게 방송반에 들어가자고 했었다. 기정의 대답은 그런 거 잘 못해, 한마디였다.

그렇듯 관심을 받는데도 기정은 늘 혼자였다. 삼삼오오 급식실로 몰려갈 때나 강당 혹은 특별실에 갈 때도 마찬가지였다. 무엇보다 그런 것은 별것 아니라는 듯 의연했다. 누구에게 먼저 말을 거는 일도 없었다. 그렇다고 거들먹거리거나 교만하게 굴지도 않았다. 복도에서 마주치는 선생들이나 선배들에게 공손하게 인사하고 누가 말을 걸면 친절하게 대답했다. 자기를 낮춤으로써 스스로 격을 높인다고 할까. 쉬는 시간에 수다를 떨지도, 여자애들이 으레 하는 화장도 하지 않았다. 잘난 척한다느니 철벽을 친다느니 매너가 없다느니 여기저기서 수군거렸다. 하지만 모두 기정과 가까워지려고 안달하는 눈치였다.

기정과 내가 닮은 점이 있다면 혼자라는 거였다. 내가 그저 혼자라면, 기정은 스스로 혼자를 선택했다는 것이 다를 뿐.

"오늘은 근력 운동이다."

체육 선생이 운동장 여기저기에 쌓여 있는 흙과 돌을 자루에 담아 한쪽으로 옮기라고 했다. 모두 땀을 뻘뻘 흘리며 자루를 날랐지만 몇 발짝 떼지 못하고 주저앉기 일쑤였다. 기정도 예외는 아니었다. 나는 얼른 달려가 기정을 일으켜 세우고 기정의 것까지 옮겼다. 흙 자루가 나에게는 뻥튀기 봉지만큼이나 가뿐했다. 키도 몸집도 작은데 어려서부터 팔 힘이 세다는 소리를 들었다. 그래도 내 몸 안에 그런 괴력이 숨어 있을 줄은 몰랐다. 괴물 아냐? 하는 눈빛들이었다.

"손보라, 너 역도를 해보는 게 어떻겠냐?"

체육 선생이 사뭇 진지하게 말했다. 여자애가 역도? 누군가의 말에 아이들이 배꼽을 잡고 깔깔거렸다. 놀림감이 된다는 게 어떤 것인지 확실하게 맛보았다. 기정만이 거기에 끼어들지 않고 나를 바라봤다. 여태 한 번도 본 적이 없는, 순한 눈빛이었다. 가슴이 기이하게 떨렸다.

하굣길에 기정이 나를 불렀다. 집이 같은 방향이라는 것을 안 순간, 보물을 손에 넣은 기분이었다.

"아깐 고마웠어."

"뭐 그깟 걸 가지고."

"저번에 피구도 장난 아니던걸? 집중 공격을 받으면서도 끝까지 살아남았잖아."

기정이 나를 그토록 유심히 봐왔다니. 기분이 튀어 올랐지만 마땅한 말을 찾지 못했다.

"난 운동은 정말 노답이야."

"운동 좀 못할 수도 있지. 그게 뭐가 어때서?"

"그런가? 근데도 난 어릴 때부터 남자애 같다는 소릴 밥 먹듯이 듣고 살았어."

"그런 말에 왜 신경을 써?"

"사실이니까. 난 가슴도 절벽이거든."

기정의 얼굴에 그늘이 드리워져 있었다. 그런 기정을 위로하고 싶고 또 기정을 위해 뭔가를 해주고 싶었다. 이전에는 그 누구에게도 이런 감정을 느낀 적이 없고 누군가에게 호감을 품은 적도 없었다. 물론, 나에게 호감을 갖는 아이도 없었다. 그럼에도 나는 나름으로 그들과 다른 뭔가가 나에게 있다고 믿었다. 거의 모든 애들이 꿈꾸는 교사나 간호사, 공무원과는 다른 걸 꿈꾸었으니까. 딱히 뭐가 되고 싶은 것은 아니지만 책과 관련된 일이라면 뭐든 괜찮을 것 같았다.

"떡볶이 먹으러 갈래?"

하필 할아버지 기일이었다. 돌아가신 할아버지가 원망스러웠다.

"어, 어, 오늘은 좀 어렵겠는데. 할아버지 제사거든."

기정이 더는 아무 말도 하지 않고 돌아섰다. 어깨가 처져 보였다. 아니, 그것은 내 생각일 뿐, 기정은 그냥 던져본 말에 더듬기까지 하는 나를 이상하게 봤을지 모른다.

며칠이 지나도록, 모처럼 찾아온 기회를 놓친 아쉬움에서 벗어나지 못했다. 먼저 떡볶이를 먹자고 해볼까? 그랬다가 거절당하면?

시험 기간이 시작되었는데 나는 공부에 집중하지 못했다. 기정의 뒷모습을 보며 멍해지기 일쑤였다. 목과 어깨, 팔의 움직임을 따라 책장을 넘기거나 연필을 잡는 기정의 손을 떠올렸다. 그 손가락과 내 손가락이 맞닿고 손등과 손바닥이 스쳤을 때의 감촉을 상상하면 짜릿했다. 하지만 짧고 뭉툭한 내 손가락을 생각하면 그런 일은 일어나지 않는 편이 나았다.

시험이 끝나고도 해방감은커녕 작은 상자 안에 갇힌 느낌이었다. 딱히 하고 싶은 일도 가고 싶은 곳도 없었다. 집 쪽으로 터덜터덜 걷고 있는데 기정과 마주쳤다. 나는 어설피 웃으며 기정의 눈을 바라봤다. 그 순간, 기정이 나를 기다렸다는 것을 알 수 있었다. 기정이 물병과 손수건을 내밀었다. 내 이마에 땀이 맺혀 있다는 것을 깨달았다. 얼굴이 달아올랐다. 마치 햇살 때문인 것처럼 나는 손차양을 해서 얼굴을 가렸다.

"제사는 잘 지냈어?"

"어."

나는 왜 떡볶이 먹으러 가자고 말하지 못하는 걸까. 그러면서도 이 순간을 얼마나 기다렸는지, 그 기다림이 얼마나 간절했는지, 기정이 알아주기를 바랐다. 아무 말도 하지 못하는 채로 걸었다. 하지만 왠지 기정과 각별한 사이가 되었다는 걸 알 수 있었다. 학교생활이나 삶이 더는 따분하거나 공허하지 않을 거라고 나는 직감했다.

"떡볶이 먹으러 갈래?"

"정말? 안 그래도 배고팠는데."

떡볶이를 먹는 기정의 입과 입술의 움직임, 희고 기다란 손가락에 정신이 팔려 떡볶이가 입으로 들어가는지 코로 들어가는지도 모를 정도였다. 그럼에도 포만감이 느껴졌다. 기정과 헤어진 뒤, 나는 허공에 팔을 휘두르며 달렸다. 몸이 공중을 나는 듯이 가벼웠다. 아무도 없는 곳에서는 괴성에 가까운 소리까지 질렀다.

하지만 이내 불안감이 찾아왔다. 혹시라도 기정의 마음이 변하면 어떡하지? 잠을 자고 나면 까맣게 잊어버리는 건 아닐까? 그 일이 나에게만 특별한 일일 뿐 기정에게는 아무것도 아니었다면?

다행히 그것은 기우에 지나지 않았다. 기정이 내 책상 위에 쪽지를 올려놓았다. 떡볶이를 앞에 두고 입을 벌린 아이들의 캐릭터를 그린. 가슴이 쿵쿵 뛰었다. 수업 시작을 알리는 종소리도 듣지 못했다.

번번이 그런 식으로 기정에게 빠져들었다. 내가 기정을 바라볼 때 그러듯 기정도 나를 바라볼 때 가슴이 두근거릴까. 기정과 이야기할 때 내가 몇 번이나 침을 삼키는지, 내 입술이 얼마나 머뭇거리는지, 기정은 알까. 둘만의 눈빛을 주고받는 순간에는 얼굴이 달아올랐다. 기정에게 그걸 들키지 않으려고 고개를 수그리고 걸음에 속도를 냈다. 기정이 다가와 내 어깨에 손을 올리면 허리를 타고 내려온 전율이 발등까지 이어졌다. 그럴 때면 어디로 가고 있는지 방향조차 잃었다. 그런 나를 누가 보았거나 눈치챘을까 봐 주변을 두리번거렸다.

"봄이다. 봄도 타고 썸도 타라."

담임이 뭘 잘못 먹었는지 칠판 왼쪽에 그렇게 적고는 교실을 나갔다. 담임이야말로 썸을 타고 있는 거라고 아이들이 낄낄거렸다. 창문으로 들어온 햇살이 기정의 목을 비추었다. 보얀 솜털을 바라보다가 나도 모르게 손이 올라갔다. 순간, 멈칫했다.

내가 왜 이러는 거지? 정신 차려, 손보라! 아무리 생각해도 답을 찾을 수 없는 시험지를 앞에 두고 있는 기분이었다. 시험지의 답은 매번 하나가 아니라 둘 또는 셋이었다. 정답이 없는 편이 오히려 쉬웠다.

"손보라! 이 독후감 네가 쓴 거 맞아? 글씨 보고 던져버리려고 했는데, 읽어보니 그게 아니네."

담임이 지적한 것이 독후감의 내용이 아니라는 데 안도했다. 아이들은 별일이야, 어디 한번 두고 보지 뭐, 라는 반응이었다.

이른바 '무림 고수들이 펼치는 혀들의 향연'이라 불리며 온 학교가 들썩거린다는 토론 대회 공고가 나붙었다. 중학교 생활기록부에 독서 활동이 많고 토론 대회에서 수상한 경력도 있더라, 하며 담임이 참가를 권했다. 평소에는 버벅거리기 일쑤인데 토론이 벌어지면 침을 튀기게 되는 것은 스스로도 이상한 일이었다.

마침 토론 주제도 흥미로웠다. '벌레로 변한 그레고르의 죽음은 자살인가 타살인가.' 나는 자의 반 타의 반으로 신청서를 냈다. 예선에서는 토론 개요서 심사를 거쳐 학년별로 네 팀을 선발했다. 나는 그레고르가 벌레로 변한 것은 그의 의지라고 볼 수 없지만,

벌레로 변신한 뒤 가족들의 행동을 보면서 더 이상 사는 것은 구차하다고 여겨 죽은 것이다, 그러니까 그의 죽음은 자살이라고 봐야 한다…… 어쩌고 해서 주목을 받았다. 거뜬히 1차 본선을 통과했다. 2차 본선에서는 무슨 말을 했는지조차 기억나지 않았다. 말의 주인은 내가 아니라 그저 말이었다. 말이 말을 만들어냈다고 할 수밖에. 개인의 사회적 역할이 어떻고 인권이 어떻고, 주장과 반론을 거듭한 끝에 내가 속한 조가 우승했다.

토론 대회가 끝나자 나를 바라보는 시선들이 달라졌다. 선생들은 대학 입시에서 유리한 스펙이 될 거라며 나를 눈여겨보기 시작했다. 아이들은 앞다투어 조원으로 끌어들이려고 했다. 엄마는 휴대전화를 최신형으로 바꿔주고 유명 브랜드의 로고가 박힌 운동화를 사주었다. 하지만 그런 것들은 내 관심 밖이었다. 기정이 말을 걸어온 것만이 유일한 의미였다.

"네 말대로라면 그레고르 잠자는 자살했는데, 자살하지 않고 살았다면 어떻게 됐을까?"

"여전히 암울하게 살고 있겠지."

"과연 자살만이 최선이었을까? 다른 방법은 정말 없었을까? 예를 들면, 다시 변신한다든지."

"다시 변신?"

"힘들어도 삶을 유지하려면 말이야. 계속 변신한다면 가능하지 않을까?"

기정은 나에게 끊임없이 뭔가를 생각하게 하고 그것을 통해 뭔가를 찾게 했다. 이제까지와는 다른 내가 되고 싶었다. 변신! 그래야만 기정과 가까워질 수 있을 것 같았다.

밤을 거의 새우다시피 공부하고도 수업 시간에 졸지 않고 질문을 서슴없이 던졌다. 말로만 듣던 엔도르핀이 샘솟는 것을 느꼈다. 아무도 나의 변화를 알아채지 못했다.

어느새 나무들은 온통 연두빛이고 거리마다 봄노래가 흘러나왔다.

"원미산 갈래?"

학교 근처의 뒷산이었다. 기정의 말이 떨어지기가 무섭게 내 마음은 벌써 산언덕을 넘었다. 층층나무, 산이스랏, 목백합, 꽃사과와 명자나무 사이로 별꽃과 버들강아지, 꿩의밥이 흐드러지게 피어 있었다. 어려서 시골에서 자랐다는 기정은 꽃과 나무의 이름을 줄줄이 꿰었다. 기정이 나와 다른 세상에서 온 아이처럼 보였다.

"저쪽에 가보자."

진달래 천지였다. 수런거리는 꽃들 사이로 나비 떼가 날아오르고, 산은 기이한 열기로 가득했다. 나는 이대로 시간이 멈췄으면 하고 바랐다. 우리는 걷고 또 걸었다. 걸으면서 이야기를 나누다 보면 머릿속의 생각들이 가지를 뻗고 꽃을 피워냈다. 희망과 열정, 미래의 의미가 봄과 더불어 무르익었다.

"넌 남자 친구 없어?"

뜻밖의 질문에 나는 고개를 저었다. 너는 있냐고 묻고 싶었지만 그러지 못했다. 사귄 적은 있냐고 기정이 물었다. 나는 다시 고개를 저으며 기정을 바라봤다.

"남자 친구 사귀면 어떨 거 같아?"

"생각 안 해봤어."

기정은 사귄 적이 있는데 별로였다고 했다.

우리가 남자애들 이야기를 입에 올린 것은 처음이었다. 남자애들은 '패드립'은 기본이고 여자애들을 혐오하는 랩을 만들어 불렀다. 게임을 하거나 여선생들과 여자애들의 치마 속을 찍은 사진을 돌려 보면서 낄낄댔다. 심지어 은밀한 부위를 찍어 여자 친구에게 전송하는 아이도 있었다. 그러고도 수치심조차 느끼지 못하는 듯했다. 그나마 책을 읽는 애들이 있다면 '진지충'이라고 불렸다. 그애들도 시집이나 소설책은 거들떠보지 않았다.

"정말 괜찮은 애가 나타날 수도 있잖아. 그땐 다르지 않을까?"

"아니."

"왜?"

기정이 쭈뼛거리다가 말했다.

"난 남자애한테는 끌리지가 않아. 내 안에 나도 모르는 내가 있는 것 같아."

"……"

"보통 고래들은 12hz에서 25hz로 소리를 내는데 52hz로 소리를 내는 고래가 있대. 어떤 고래도 그 고래의 소리를 듣지 못한다나 봐. 걔들은 세상에서 가장 외로운 고래야."

기정이 뜬금없이 고래 이야기를 했다. 그런데 그 이야기에 내 마음이 붙들렸다. 얼마쯤 지나 기정이 고래 이야기가 담긴 노래를 허밍으로 하고 나도 따라 했다. 가슴이 알알하면서 알 수 없는 기쁨이 차오르는 것을 느꼈다.

우리는 날마다 같이 다녔고, 우리가 함께한 시간만큼 서로에 대해 많이 알게 되었다. 잠이 오지 않을 때 기정은 낙서를 끼적이고 나는 책을 본다는 것, 기정이 매운맛 떡볶이를 좋아하고 나는 초콜릿을 좋아한다는 것, 기정은 딸기를 즐겨 먹고 나는 복숭아를 즐겨 먹는다는 것을 알게 되었다. 기정이 '혁오'를 좋아하고 나는 '방탄소년단'을 좋아한다는 것, 내가 빗소리를 좋아한다는 것과 기정이 비가 그친 다음의 고요를 좋아한다는 것도. 무엇보다 둘 사이에 주고받은 이야기가 다른 사람에게 전해지지 않는다는 믿음이 있었다.

이따금 말문이 막히기도 했다. 기정이 상대를 위해 자기를 버려도 좋다고 생각할 만큼 누군가를 좋아해본 적이 있냐고 물었을 때라든지, 사랑을 한마디로 정의한다면 뭐라고 할 거냐고 물었을 때였다. 나는 내 마음을 어떻게 표현해야 할지 몰라서 우물우물하거나 기껏해야 소설책에 나오는 주인공들의 사랑에 대해 말했다.

기정은 내 말에, 나는 기정의 말에 귀를 기울였다. 둘 사이에 무슨 문제가 생기지도 않았다. 친한 친구라도 어떤 부분에 대해서는 의견이 다를 수 있는데, 그렇지 않았다. 우리만의 이야기에 아무도 끼어들지 않았고, 우리는 서로에게만 속해 있었다.

어느 누구도 기정이 너처럼 매력적이지 않아. 내가 속으로만 말했는데 기정이 그 말을 들은 것처럼 말했다. 난 보라 네가 부러워. 운동도 잘하고 책도 많이 읽잖아. 별것도 아닌데, 뭐. 아니, 넌 너만의 세계가 있어. 알면 알수록 더 알고 싶어지는 애가 너야. 기정이 그렇게 말해주면 나는 그런 사람이 된 것 같고 그런 사람이 되고 싶었다. 기정과 함께 있다는 것만으로도 내가 전과 다른 존재가 된 것 같았다. 기정과 더 가까워지기 위해 나는 더 많이 달라져야 한다고 생각했다. 변신!

"손보라, 나 좀 볼래?"

수업이 끝난 뒤 복도에서 완주가 나를 불러 세웠다.

"왜?"

"너, 기정이랑 붙어 다니면서 이상한 짓 하는 거 다 알아."

가슴이 덜컹했다. 완주의 말을 자르고 완주에게 맞서야 했다. 야, 기정이네 집이랑 우리 집은 방향이 같아. 매일 같이 가면서 별거 별거 다 얘기한다고. 가끔 산에도 가고 떡볶이도 사 먹어. 헤어지기 싫어서 서로의 집 근처를 빙빙 돌고. 아직은 아니지만 곧 서로의 집에 놀러 갈 거야…… 그게 뭐 잘못됐어?

그런데 그렇게 말할 수가 없었다. 그냥 돌아서자 완주가 내 팔을 잡았다.

"걔, 남친 있는 거 모르지?"

조롱이 담긴 눈이었다. 나는 무시하고 교실을 나와 종종걸음을 쳤다.

교문을 벗어나 인적이 드문 모퉁이를 지날 때였다. 교복을 입은 채 담배를 입에 문 남자애들이 서성거리고 있었다. 우리 학교 애들이 아니었다. 한 아이가 나를 힐끗 쳐다보더니 담뱃불을 발로 짓이겨 껐다. 무심한 척하며 지나쳤다.

"손보라!"

나는 내 귀를 의심했다. 설마 나를 부른 건 아니겠지? 내 교복에 달린 이름표를 의식하며 보폭을 크게 했다. 누가 나를 따라오고 있다는 것을 깨달았다. 손에 땀이 배고 온몸의 털이 일어서는 느낌이었다. 얼마쯤 지나 귀에 익은 목소리가 들려왔다. 보라는 그냥 놔둬. 기정이었다. 다리가 후들거렸다. 걸음을 멈춰야 할까, 돌아서서 저들에게 가야 할까. 갈등하면서 앞을 향해 걸었다. 그들이 실랑이하는 소리가 들리지 않을 즈음, 나는 달리기 시작했다. 옷에 배는 땀만큼 불길한 예감이 온몸에 들러붙었다.

집에 와서는 아무것도 손에 잡히지 않았다. 그들에게 갔어야 했다는 후회가 밀려왔다. 밤새 뒤척이며 생리대를 들고 화장실을 들락거렸다.

다른 날보다 일찍 등교했다. 혹시나 했는데, 기정의 자리가 비어 있었다. 나는 불안감을 달래며 책을 펼쳤다. 문 쪽에서 나는 작은 소리에도 귀가 열렸다. 기정이 교실로 들어서는 것을 알고도 고개를 들지 않았다. 기정이 아무 일 없이 학교에 와준 것만으로도 고마웠다. 기정도 평상시처럼 행동했다. 아무 일도 아니었는데 내가 과민했던 거겠지. 그렇게 믿고 싶었다.

"국어 수행평가 언제까지야?"

기정이 그걸 모르지는 않을 텐데 물은 이유가 뭘까. 오래 생각할 필요가 없었다. 기정이 초콜릿을 내밀었다. 받아야 한다는 것을 알면서도 머뭇거렸다. 기정이 그걸 손에 쥐여주었다. 손끝이 찌릿하고 심장이 몇 배속으로 뛰었다. 그 뒤로 하루가 어떻게 지나갔는지도 모를 정도였다.

종례가 끝난 뒤, 우리는 예전처럼 함께 교문을 나섰다. 묵묵히 걷기만 했다. 얼마쯤 지나자 여느 때와 달리 뭔가 말하지 않으면 안 된다는 조바심이 났다. 일과 중에 있었던 일들을 이야기했지만 알맹이 없이 겉돌 뿐이었다. 우리는 서로 무슨 생각을 하는지 알고 있었다. 그렇지 않다면 어제 일에 대해 아무 말도 하지 않을 리가 없었다.

"어제, 무슨 일 있었어?"

기정은 내가 물을 거라고 짐작했을 텐데도 놀라는 표정이었다. 순간, 물어본 걸 후회했다. 묻어둔 채 시간이 흐르고 나면 자연스럽게 잊히기도 하는 법이니까.

"아무 일도 없었어……"

기정은 단호하게 말하려고 했는데 잘 안 되는 듯 말끝을 흐렸다. 한동안 불편한 침묵이 흐른 뒤에 기정이 입을 떼었다.

"내가 말하지 않는 건 네가 괜히 마음 쓸까 봐서야."

"네 생각이 그러면 그래야겠지."

대답은 그렇게 했지만 진심이 아니었다. 아니, 내 말투에 속마음이 묻어났다. 내가 너무 예민해져 있고, 그 때문에 기정을 괴롭

히고 있다는 것도 알았다.

우리는 말없이 한참을 걸었다. 어둑어둑해질 무렵, 약속이나 한 듯이 원미산 진달래 동산에서 멈춰 섰다. 꽃향기가 훅 끼쳤다. 진달래의 꽃말이 '사랑의 기쁨'이라고 기정이 말하는 순간, 기쁨이 솟구쳤지만 이내 쓸쓸함이 찾아왔다. 기정도 나처럼 동요하고 있었다. 그때까지 나는 용케도 침착함을 유지했다. 그러나 끝내 참지 못하고 말았다.

"널 기다리고 있던 애들, 누구야?"

기정이 말없이 내 손을 잡았다. 마치 손을 잡는 것밖에는 아무것도 할 수 없다는 듯이. 한동안 우리는 그러고 있었다. 얼마쯤 지나 기정이 나에게 손이 참 따뜻하다, 라고 말했다. 기정의 목소리가 떨렸다. 나는 차마 기정의 눈을 바라보지 못했다. 눈을 마주치면 눈물이 터져 나올 것 같아서였다. 우리 사이에 예기치 않은 장애물이 생겼고, 우리의 관계가 어긋나고 있다는 것을 알 수 있었다. 뭐든 지금 말하지 않으면 기정을 영영 잃어버릴 것 같았다.

"말해줘. 무슨 일이 있는지."

"전에 사귀었던 애야. 너랑 같이 다닌다고 완주가 얘길 했나 봐."

그 앤 너랑 헤어졌고, 또 네가 그 애의 소유물도 아닌데 무슨 상관이야, 라고 말하고 싶었다. 내가 입을 떼려는 순간, 기정이 내 입술에 손가락을 가져다 대었다. 온몸의 피가 입술로 쏠리고 이마에 땀이 맺혔다.

"사실은 고민 많이 했어. 난 왜 남자애한테 끌리지 않는지."

"……"

"근데, 너 때문에…… 아니, 그러니까 뭐냐면, 너를 만나고 나서 내가 어떤 애인지 알게 됐어."

내 숨이 가빠지는 것을 느꼈다. 누가 먼저인지 모르게 다시 손을 잡고, 어깨를 기대었다. 손의 온도가 조금씩 오르고 어깨가 조금씩 들썩였다. 이내 몸이 불덩이가 된 것처럼 달아올랐다. 기정과 이마를 맞대었다. 입술과 입술이 맞닿는 순간, 심장이 멈출 것만 같았다.

그 순간 이후 내 몸이 훌쩍 자라버린 느낌이었다.

가장 두려운 순간에 커다란 기쁨을 얻은 것처럼, 가장 기쁜 순간에 두려움이 찾아왔다.

기정이 학교에 오지 않았다. 휴대전화를 쥐고 있으면서도 기정의 번호를 누르지 못했다. 주말은 지옥이나 다름없었다.

오늘은 오겠지. 그렇게 믿으려고 마음을 다졌지만 바람이 거세게 가슴을 쳤다.

교실로 들어서려다가 멈춰 섰다. 아이들 몇이 내 자리를 에워싼 채 웅성거렸다. 뭔가 중요한 말을 하고 있었던 듯했다. 변태, 라는 말만 귀에 들어왔다. 그 말이 얼마나 무서운 의미를 내포하는지 직감으로 알았다. 내가 교실 안으로 들어서자 아이들이 하던 말을 뚝 그치고 나를 처음 보는 것처럼 바라봤다. 서랍에 있던 내 책과 공책이 찢어진 채 바닥에 나뒹굴고 있었다.

"쓰레기."

마음만 먹으면 흙 자루를 들어 올리던 힘으로 무리를 납작하게 만들어줄 수도 있었다. 하지만 그런다고 문제가 해결될까. 나는 애써 무덤덤한 표정을 지으며 책과 공책을 주워 정리했다. 너희들이 그래 봤자 눈 하나 깜짝하지 않는다는 것을 보여주고 싶었다.

"꺼져. 학교가 너네 같은 쓰레기들 받아주는 곳인 줄 알아?"

못 들은 척하자! 참는 것만이 최선이다! 마음을 다잡고 또 다잡았다. 무리 중 한 명이 내 머리채를 휘어잡았다. 맞받아치거나 도망가거나, 선택의 기로에 서 있었다. 잠자코 호흡을 가다듬었지만 기어이 그 애의 손을 잡아서 내쳤다. 스스로 느끼기에도 무서운 악력이었다. 그 애가 놀라 주춤하자 무리가 한꺼번에 달려들었다. 나도 물러서지 않았다. 결국 서로 뒤엉켜 엎치락뒤치락했다. 완주는 한 발짝 떨어져서 팔짱을 낀 채 서 있었다.

"뭣들 하는 거야? 당장 그만두지 못해?"

언제 들어왔는지 담임이 얼굴이 벌게진 채 소리쳤다. 무리가 씩씩거리며 자리로 돌아갔다. 담임이 들어오지 않았다면 무슨 일이 일어났을까. 내 감정이 그토록 격하게 끓어오른 적은 없었다. 담임은 한 번 더 그러면 학교폭력자치위원회에 넘기겠다고 엄포를 놓았다.

종례를 마친 뒤 담임이 나를 호출했다.

"기정이랑 친한 건 아는데, 혹시나 해서……"

담임이 휴대전화에 저장된 사진을 내밀었다.

완주가 발을 거는 장면은 없이 넘어지려는 나를 기정이 감싸 안는 장면, 기정이 흙 자루를 든 채 주저앉는 장면은 빠진 채 내가 기정을 일으키는 장면, 내 머리칼이 식판에 닿은 장면은 없고 기정이 내 머리칼을 넘겨주는 장면이 사진 속에 들어 있었다. 나는 사진 속의 시간들을 되돌리기에 급급해서 할 말을 찾지 못했다.

담임의 추궁은 집요했다. 나는 기정과 손을 잡고 어깨를 기대었을 때 가슴이 얼마나 떨렸는지, 입술과 입술이 포개졌을 때 기쁨이 어떻게 나를 장악했는지 말하면 안 된다는 것을 알 수 있었다. 담임은 우리가 몹쓸 질병을 앓고 있다는 듯이 말했다. 내가 아무 반응을 보이지 않자 질병을 퇴치해야 한다는 사명감으로 나를 설득하려고 들었다. 담임이 얼마나 애쓰는지 일그러진 표정만 봐도 알 수 있었다. 나는 침묵으로 일관하다가 교무실을 뛰쳐나왔다. 결국 이튿날 반나절을 교사 지시 불응에 대한 진술서와 깜지를 쓰면서 보내야 했다.

기정에게 카톡을 보냈지만 답신이 없었다. 교실은 교실대로 폭풍 전야의 긴장감이 흘렀다. 종례 시간이 되자 담임이 앞뒤 문을 닫으라고 했다. 사뭇 비장한 표정이었다.

"너희들은 보이지 않는 위험에 둘러싸여 있다……"

우리 주변에 악이 만연해 있는데 우리가 그걸 피해 가야 한다고 했다. 하지만 그 악의 정체에 대해서 직접적으로 말하는 것만은 교묘하게 피했다. 담임이 교실에서 나가자마자 완주 무리가 대놓고 나를 향해 욕을 내뱉었다. 미친년. 눈앞에 없는 기정을 향한

적대감 또한 불길처럼 번지고 있었다. 미친년들. 그렇게밖에 하지 못하는 그들이 오히려 안됐다는 생각이 들었다.

기정이 다시 학교에 왔을 때 나는 안도했다. 그런데 기정이 나를 피했다. 우리는 다시 각기 혼자가 되었다. 내가 그렇듯이 기정도 힘들겠지. 아니, 기정이 나를 잊기로 한 것일까. 생각하고 다짐하다 보면 그렇게 되지 않던가. 깊은 바다를 홀로 떠도는 52hz 고래를 떠올리며 먼발치에서 기정을 바라만 봤다. 토론반에도 나가지 않고 학교가 파하면 곧장 집으로 갔다. 엄마는 내가 쓸데없이 친구들과 어울려 다니지 않고 공부에 열중하는 거라고 생각한 듯했다. 반찬이 달라졌다. 꾸역꾸역 음식을 욱여넣으면서 엄마에게 불만을 터뜨렸다. 엄마라면 공부보다는 생리를 안 하는 것에 더 신경을 써야 하지 않느냐고. 엄마는 한약을 지어 옴으로써 나를 다시 책상에 앉혔다.

하지만 언어도 숫자도, 어떤 기호나 공식도 눈에 들어오지 않았다. 여전히 생리대를 들고 화장실을 들락거리는 날들이 이어졌다. 하굣길에는 천천히 걸으면서 주변을 두리번거렸다. 원미산에 오르기도 하고 기정의 집 근처를 배회하기도 했다. 막상 기정의 모습이 보이면 뒷걸음쳤다. 잠을 자려고 누우면 기정의 얼굴이 먼저 떠올랐다. 눈을 감으면 기정의 숨소리가 들리는 것 같았다. 그 소리가 내 숨소리와 만나 더디게 화음을 이루었다. 그러다 잠에서 깨면 가슴이 텅 빈 것 같았다.

기정이 다시 결석을 했고, 휴대전화도 꺼져 있었다. 이번에는 내 발로 담임을 찾아갔다. 기정이 학교에 오지 않는 이유를 물었다.

"병원에 입원했다더라. 통 먹지를 못했나 봐."

자괴감을 떨칠 수 없었다. 보라는 그냥 놔둬. 그 말이 귀에 맴돌았다. 그날 그들에게 갔더라면. 내 생각을 분명하게 밝혔더라면. 아니, 기정에게 내 마음을 털어놓기만 했더라도 이렇게 되지는 않았을 거였다.

비겁한 겁쟁이는 나였다. 그러면서도 기정을 위해서라고 합리화했다니. 어두운 방 안에 틀어박혀 있다 보면 벌레로 변한 그레고르 잠자가 된 것 같았다. 더는 기정을 힘들게 해서는 안 된다고 생각하면서도 막상 뭘 어떻게 해야 할지 막막했다. 체념에 체념을 거듭했다. 그레고르 잠자처럼 사과라도 맞고 싶었다. 그러면 고통에서 벗어날 수 있지 않을까.

보라야, 다시 변신하는 거야. 이 상황을 벗어나려면 말이야. 어둠 속에서 기정의 목소리가 들려왔다. 그것이 한 줄기 빛으로 가슴에 스며들었다. 나를 속일 수 없다는 것을 알 수 있었다. 무엇보다 기정이 보고 싶었다. 나는 병원으로 달려갔다.

"얼굴이 반쪽이 됐잖아. 이게 뭐야?"

"어떻게 알고 왔어?"

기정은 애써 아무렇지도 않은 척했지만 반가워하는 기색이 역력했다.

"그걸 말이라고 하냐?"

"네가 와줄 거라고 믿었어."

기정이 말하며 웃음을 머금었다. 나도 뭐라고 말을 해야 하는데, 혀가 굳어버렸다.

기정이 나에게 어떤 존재인지 이제 분명히 알 수 있었다. 기정은 나에게 무한한 기쁨이고 소멸하지 않을 꿈이었다. 기정과 함께한 시간들은 영원이나 다름없었다. 내가 나를 잃고 헤맬 때 내가 누구인지 깨닫게 해준 아이. 기정이 아니면 나는 아무것도 아니었다. 아무도 이해해주지 않더라도 기정과 나, 둘만의 세계를 만들어갈 수는 없을까. 아니, 두렵고 불안하더라도 그 길을 가야겠지.

"한동안 잠을 못 잤는데 이상하게 잠이 오네. 나 잠들 때까지 옆에 있어줄 거지?"

나는 고개를 끄덕이며 속으로 말했다. 이제는 너를 혼자 있게 놔두지 않을 거야. 누가 뭐래도 너랑 꼭 붙어 다닐 거고. 이 시간이 지나고 아주 먼 미래의 시간 속에서도, 네가 부르면 어디든 달려갈게.

잠든 기정의 모습을 보며 기정의 이름을 속으로 불러봤다. 가슴속에서 화륵 불꽃이 일어났다. 순간, 아랫배가 무지근하더니 곧 몸의 깊은 문에 이물감이 느껴졌다. 생리의 조짐이었다.

~~~~~~~~~~~~~~~~~~~~~~~~~~

봄이 지나가다

~~~~~~~~~~~~~~~~~~~~~~~~~~

4월의 햇살과 꽃들이 어울려 교정은 그 어느 때보다 화사했다. 방과 후에 반 단합 대회가 예정돼 있었다. 남자애들은 축구, 여자 애들은 피구를 한 뒤 고기를 구워 먹기로 했다. 지난달에 있었던 도난 사건이 미제로 남은 후 얼어붙은 반 분위기를 풀어보자는 아이들의 의지에서 비롯되었다. 모의고사에 이어 치른 지필평가의 후유증을 털어내려는 의도도 깔려 있었다. 어쨌거나 한껏 들뜬 아이들로 인해 교실은 하루 종일 술렁거렸다. 하필 나는 머리가 어질어질하고 배까지 부글거렸다.

　축구 경기가 골 득점 없이 후반전으로 이어지자 운동장은 후끈 달아올랐다. 경기 종료 5분을 남겨놓고 미드필더 홍상윤이 결승 골을 넣었다. 아이들의 환호가 잇따랐다. 그 애가 나를 향해 하트 세리머니를 했다. 아이들의 시선이 일제히 나에게로 쏠렸다. 잰 윤인서만 보면 눈이 풀리네. 그러는 넌? 틈만 나면 윤인서 앞에서 알짱거리는 게 누군데? 며칠 전 남자애들이 하는 말을 들었을 때 황당했다. 남자애들과 말도 거의 안 하고 지내는데, 번번이 뒷담화의 대상이 된다는 것이 불쾌했다.

곧이어 여자애들의 피구 경기가 시작되었다. 나는 운동을 잘하는 편은 아니지만 중학교 때 피구부 활동을 한 덕에 피구라면 자신이 있었다. 컨디션 때문인지 경기 초반 맹렬한 공격을 시도했지만 계속 실패했다. 공이 날아오는 걸 보고 손을 뻗었는데 눈앞에서 공이 핑그르르 돌았다. 순간, 가슴에 공을 맞고 넘어졌다.

"야, 너 피구부 했다는 거 맞아?"

여진이 씩씩거리자 여기저기서 웅성거렸다. 여진은 말과 행동이 거칠기로 유명했다. 누구든 제 눈에 거슬리면 욕설에 악담을 퍼붓기 일쑤였다. 학기 초에 희연도 몇 번 당했다. 야, 이희연, 눈깔아라. 눈 깔라고. 한 번만 더 깝치면 눈탱이 날아가는 줄 알아.

"여진이 너, 인서가 뭘 어쨌다고 그래? 공 맞을 수도 있지."

민정의 말에 여진이 꼬리를 내렸다. 민정은 자타가 공인하는 모범생이었다. 늘 책을 끼고 살고 날카로운 질문으로 선생들을 긴장시켰다. 또한 남에 대한 배려가 몸에 밴 데다 친절하기까지 해서 아이들에게 인기가 많았다. 둘은 어느 모로 보나 어울리는 조합이 아닌데도 늘 붙어 다녔다. 상대를 불문하고 늘 으르렁대는 여진이 유독 민정에게만은 곰살스러웠다. 둘이 어려서부터 한동네에 살았고 부모님들도 친하다는 말은 들었다.

구령대에서 고기를 구워 먹는 내내 나는 기분이 가라앉았다. 아이들은 삼겹살 홀릭 수준으로 불판 앞을 떠나지 않았다. 홍상윤이 쌈을 싸서 나에게 내미는 바람에 나는 다시 웃음거리가 되었다. 곧장 자리를 털고 일어섰다.

"인서야, 같이 가자."

희연이 나를 부르더니 바짝 따라왔다.

"아까 피구 할 때 너 날아다니더라?"

위로의 말일 텐데도 듣기 민망했다. 내 표정을 살피던 희연이 말을 돌렸다.

"이여진 그 싸가지한테 맨날 당하지만 말고 너도 한번 받아버려. 참기만 하면 바보인 줄 안다니까."

이어 희연은 반 아이들과 담임에 대한 험담을 늘어놓았다. 하나같이 개성이 없고 머리에 똥만 차 있다니까. 담임은 그게 뭐냐. 모의고사 문제도 못 풀어서 절절매질 않나. 좀도둑 하나 못 잡고. 개꼰대 주제에 웬 규칙은 그리 많이 정해놨는지. 화장 금지, 휴대전화 금지, 지각 금지, 다른 반 출입 금지. 도대체 학생인권조례가 뭔지 알기나 하는 거야? 하긴 금지하면 뭐 하냐, 아무도 안 지키는데……

평소에는 지나치리만치 겸손하고 말수가 적은 희연이었다. 쓰레기 분리수거며 기자재 도우미를 자처해서 좋은 평판에 집착한다는 인상마저 풍겼는데, 의외였다.

"우리 반만 그런 것도 아닌데 뭐."

"인서 너, 생각보다 긍정 마인드다."

나는 그건 아니라고 말하고 싶었지만 그만두었다. 긍정적인 것과 무관심한 것은 달랐다. 나는 애초부터 학교생활에 대한 기대가 없었다. 중학교 때 절친이었던 수아와 특목고에 지원했는데 수아는 붙고 나는 떨어졌다. 대열에서 밀려난 데다 끈 떨어진 가방 꼴이어서 자존감이 바닥이었다.

수아와 카톡을 주고받긴 했지만 공통 화제가 점점 줄어들었다. 나는 학교생활에 극심한 소외감을 느끼는 반면, 수아는 새로운 환경에 쉽게 적응했다. 수아가 정오에 존재한다면 나는 자정에 존재하는 것만 같았다. 더욱이 수아는 동시통역사로 진로를 정한 뒤로 자신감이 넘쳤다. 더 이상 수아의 말은 위로가 되지 않았다. 어차피 갈 길이 다르니까, 스스로 위안하면서 수아로부터 도망쳤다. 새로운 친구를 사귀는 것은 생각지도 못했다. 고개는 늘 숙인 채 미세먼지를 핑계 삼아 마스크로 얼굴을 가리고 다녔다. 어느새 그런 일상에 익숙해져서 혼자인 게 오히려 편했다. 거기에 침잠할수록 내 안에 어떤 샘이 있고 그 샘물을 길어 올리는 기분이라고나 할까. 나라는 존재가 투명해지는 느낌이었다.

그러던 어느 날, 희연이 나에게 다가왔다. 희연은 작은 체구에 비쩍 말랐는데 눈동자가 유난히 옅은 갈색이었다. 말수가 적은데도 입에 칭찬을 달고 살았다. 부처님도 너보다 이해심이 많진 않을 거야. 너의 패스는 프로급이지. 센스라면 널 따라갈 애가 있을까? 물론, 나에게는 다른 애들에게 하는 것보다 훨씬 강도가 셌다.

네 몸매는 하늘이 내린 거야. 너를 안 좋아할 애가 있겠어? 다시 태어나면 너로 태어나고 싶어.

한동안 말없이 걷던 희연이 불쑥 가족 이야기를 꺼냈다. 아빠는 산부인과 의사인데 저출산으로 인해 병원 문을 닫을 위기이고, 엄마는 집 안에 먼지 하나 떨어져 있는 걸 참지 못한다. 아빠의 외도로 두 분 사이에 치명적인 금이 가서 현재는 무늬만 부부로 지내고 있다. 그런 부모님 사이에서 자기 역시 무늬만 딸 같다며 입꼬리를 내렸다. 우리 집은 부유하지는 않지만 가족애만은 둘째가라면 서러울 정도로 끈끈했다. 왠지 그런 걸 말하면 안 될 것 같았다. 희연이 우리 가족에 대해 물었을 때, 그냥 좀 자유로운 분위기라고 했다. 희연이 자유로운? 하며 고개를 갸우뚱하더니 이내 화제를 바꿨다. 지난주에 있었던 역사 수행평가 말이야……

19세기 후반에 무슨 일이 있었나를 주제로 한 역사신문 제작이었다. 나는 당시의 주요 사건 선정, 사설과 만평, 인물 탐구와 광고, 연재소설이 들어간 기획안을 냈다. 연재소설을 쓰기도 했는데 나름 독창적인 아이디어로 평가받아 점수에 결정적인 변수로 작용한 듯했다.

"우리 조가 최고점 받은 건 다 네 덕분이야."

"내가 뭘, 모두 열심히 해서 잘 받은 거지."

"천만에, 너 아니었음 우리 조는 꼴찌였을 거야. 모의고사 일등이 괜히 일등은 아니지……"

희연은 나를 거듭 추어올렸다. 또 조원들의 이름을 하나하나 입에 올리면서 그들의 게으름과 상상력 결여, 상습적 무임승차에 대해 비난했다. 또 민정이 이번 모의고사에서 나에게 밀린 터에 경계심을 갖고 있으면서도 잘해주는 데는 무슨 꿍꿍이속이 있을 거라고. 나의 시큰둥한 반응에도 희연은 한참을 떠들었다.

"너, 홍상윤이랑 사귈 거야?"

"어?"

뜬금없는 말에 나는 대답을 찾지 못했다.

"아니, 아까 세리머니도 널 보면서 했잖아. 걔 너한테 관심 있는 것 같던데?"

희연이 덧붙였다. 걔 공부도 웬만큼 하지, 매너 좋지, 복근은 거의 빨래판 수준에, 집안도 좋잖아. 여자애들이 들러붙을 만도 하지……

돌려서 한 말도 결국은 비난이고, 혀가 꼬인 말투도 거슬려서 대꾸하고 싶지 않았다. 희연은 그치지 않았다. 홍상윤은 배드민턴을 치기 위해 일찍 등교하며 토요일에도 학교에 왔다. 그 시간에 맞춰 홍상윤 주변에서 얼쩡거리는 여자애들이 꽤 있는데 여진도 그중 하나였다. 막상 홍상윤은 여진을 거들떠보지도 않았다. 여진이 나에게 까칠하게 구는 이유도 거기에 있었다. 나는 여전히 침묵했다.

"근데 홍상윤 걔 좀 재수탱이 아니냐? 저번에도 걔네 엄마가 햄버거 좀 쐈다고 생색이란 생색은 다 내고……"

희연이 내 얼굴을 힐끗 봤다.

"기분 나빴다면 미안해."

"아, 아냐."

"넌 걔한테 관심 없어도 걔가 계속 들이대면 어쩔 거야?"

나는 무슨 말을 해야 할지 몰라 걸음만 재촉했다. 집 앞에 다다르자 피로감이 몰려왔다. 희연이 주말에 뭘 할 거냐고 물었다. 보고 싶은 연극이 있는데 표를 구할 수 있을지 모르겠다고 했다. 희연이 으응, 그래, 라고 할 뿐 더 말이 없었다. 어색해진 분위기를 풀어보려고, 근데 왜? 하고 물었다. 희연은 벌써 돌아서 있었다. 어둠 속에서 희연은 움츠린 채 목을 쑥 빼고 걸었다. 거북이가 두 발로 서서 걸어가는 모양새였다.

거실로 들어섰을 때, 엄마가 친구를 사귀었냐고 물었다. 나는 그냥 같은 반 애라고 심드렁하게 말했다. 애가 맥이 좀 없어 보이더라. 엄마가 그렇게 말한 건 희연의 걸음걸이 때문일 거였다. 수아에게는 예의 바른 애 같다고 했던 엄마였다. 그저 눈앞에서 예의를 갖출 뿐, 손해 보는 일은 하지 않을 애라는 걸 돌려서 한 말이었다. 수아는 쿨한 성격으로 나를 위해주고 치켜세우면서도 대가를 요구했다. 뚝딱 그린 게 이 정도면 신의 손이지. 금연 포스터 말이야, 시간이 없어서 그러는데 내 것도 좀 그려줘. 자습서 빌려줬으니까 대신 떡볶이 사라. 그런데 희연의 눈에 나는 열이면 열이 다 완벽하고 자체 발광 매력 덩어리인 모양이었다. 감수성이 풍부하고 속이 깊으며, 나비처럼 움직임이 고요한 아이.

그럼에도 나는 종종 희연의 마음을 읽기 어려웠다. 희연은 말하는 도중에 눈동자를 굴리고, 수시로 손톱을 물어뜯었다.

　나는 단합 대회 날부터 며칠째 장염이 계속되었다. 쉬는 시간마다 화장실로 달려갔다.
　"이희연, 요즘 부쩍 윤인서랑 붙어 다니던데?"
　"이희연이 작정하고 덤비면 아무도 못 당하지. 근데 윤인서도 걔 실체를 알면 기겁하고 도망칠 텐데……"
　"그러게 말이야. 하필 그런 애한테 낚여서 윤인서도 고생길이 훤하다."
　여진과 민정이 합세해서 깔깔거렸다. 난데없이 얼굴이 화끈거렸다. 누군데 이렇게 안 나오냐? 여진이 화장실 문을 부술 듯이 걷어찼다. 나는 변기에 쪼그리고 앉아 종이 울리기만 기다렸다.
　하굣길에 희연이 나를 집에 초대했다. 엄마는 친척 집에 갔고 아빠는 연수를 떠났다고 했다. 썩 내키지 않았지만 희연을 따라갔다.
　집 안은 깔끔하게 정돈돼 있었다. 희연이 미리 준비한 듯 주스와 쿠키를 내와서 먹으라고 하고는 나를 뚫어져라 바라봤다. 뭔가 중요한 말을 할 때의 표정이었다.
　"나, 사실은 고백할 게 있어."
　"고백?"
　"너한테는 말해도 될 거 같아서. 비밀 지켜줄 거지?"
　비밀에 대해 호기심이 일기보다는 은근히 부담스러웠다. 누군가의 비밀을 지켜줘야 한다는 것은 그만큼의 보상이 필요한 일이기도 했다. 내 마음을 읽은 듯 희연이 얼른 입을 열었다. 나, 생리때만 되면 도벽이 있거든……

그 말이 뭘 뜻하는지 알 수 있었다. 비밀 꼭 지켜줄 거지? 희연이 다짐을 받아두려는 듯이 말하면서 손톱을 씹었다. 나는 고개를 끄덕였다. 희연이 그제야 안심이라는 듯 길게 숨을 내쉬었다. 이어서 주스는 왜 안 마시냐, 쿠키는 수제라서 네 입맛에 딱 맞을 거다, 계속 권했다. 하는 수 없이 주스를 마시고 쿠키도 먹었다. 희연이 느닷없이 남친 사귄 적 있냐고 물었다. 나는 못 들은 척하며 쿠키를 집어 입에 넣었다.

"솔직히 말해봐. 사귄 적 있어, 없어?"

"응…… 딱 한 번. 근데 금방 헤어졌어."

"왜?"

"만날 때 치마 입으라고 하고 화장하라고 하고…… 나랑 좀 안맞는 거 같아서."

"개짜증 났겠다. 근데 그게 다야? 진도는 어디까지 나갔는데?"

"……"

"키스는 해봤어?"

나는 대답하지 않음으로써 그걸 시인한 셈이 되고 말았다. 희연이 키스까지 하고 왜 헤어졌냐고 물었다. 그 애는 만나기만 하면 내 몸을 만지려고 치댔다. 그 말을 하자 희연은 나쁜 자식이네, 하면서도 그게 헤어진 이유의 다는 아닐 거다, 그것보다 더 큰 이유가 있는 거 아니냐, 다른 이유를 말해봐라, 계속 물고 늘어졌다. 나는 마지못해 털어놓았다.

그 애가 내 가슴을 만지면서, 커서 좋다고 했다. 숨이 거칠어지더니 치마 속으로 손을 넣었다. 너 생각하다가 팬티가 젖은 적도 있어. 남자들은 좋아하는 애가 생기면 그렇거든. 여자들도 자위한다며? 너도 해봤어? 느낌이 어때? 그 애의 말과 행동에 수치심과 모멸감을 느꼈다. 그 일을 계기로 그 애와 멀어졌다.

"난 가슴이 작아서 남자애들이 안 좋아하나?"

"야, 뭐야?"

"아니, 부러워서 그러지. 요즘 가슴 큰 게 대세잖아. 난 나중에 실리콘 넣을 거야."

희연이 손으로 가슴을 크게 부풀리는 시늉을 하고는 입꼬리를 비틀었다. 나는 하지 말아야 할 말을 했다는 걸 깨달았다.

집으로 돌아오는데, 몸이 으슬으슬하더니 열로 이어졌다. 결국 이틀이나 결석했다. 그사이에 희연은 수시로 카톡을 보냈다. 누가 싸우고 누가 유리창을 깼는데, 그로 인해 반 전체가 깜지를 썼으며, 수업 시간은 지루하기 짝이 없다는 내용이었다. 답신을 안 보냈더니 왜 답이 없냐고 추궁했다. 나는 몸이 아프다는 모양의 이모티콘을 보냈다. 희연은 아프면 아무것도 못 할 텐데 답답하지 않냐, 혼자 있을 때는 무슨 생각을 하냐, 연락 온 애는 없냐, 꼬치꼬치 캐물었다. 학교에서 있었던 일을 말해주는 것을 빌미로 나의 일거수일투족을 감시한다는 느낌마저 들었다. 윤인서도 걔 실체를 알면 기겁하고 도망칠 텐데…… 여진과 민정이 수군대던 말이 떠올랐다. 그때는 몰랐는데, 그 애들이 내가 화장실 안에 있는 걸 알고 한 말이라는 느낌이 들었다. 그 애들의 진심도 의심스러웠다.

교실로 들어서자 희연이 손을 들어 나를 반겼다. 나는 못 본 척하며 자리에 가서 앉았다. 쉬는 시간마다 희연이 내 옆으로 왔지만 아픈 척하며 엎드려 있었다. 점심도 건너뛰었다. 5교시 예비종이 울렸을 때 화장실에 가려고 교실을 나섰다. 어느새 희연이 다가와서 팔짱을 꼈다. 네가 나한테서 벗어날 수 있을 거 같아? 라고 말하는 눈빛. 천연덕스럽게 웃음으로써 그것을 확인시켜주었다. 때맞춰 담임이 지나가면서 희연을 불렀다. 그 틈에 나는 얼른 자리를 떴다.

종례가 끝나자마자 교실을 빠져나왔다. 큰길로 나가 신호등 앞에 서 있는데 희연이 반 아이들 몇과 과장된 몸짓으로 깔깔거리며 지나갔다. 나는 스스로도 알 수 없는 감정에 휩싸여 신호를 놓쳤다.

"웬일로 혼자 가?"

민정이 어깨를 툭 건드리며 말을 걸어왔다. 희연에게 들었다면서 생리통은 다 나았냐고 했다. 내 속을 떠보는 표정이었다. 굳이 장염이었다고 말할 필요가 있을까. 대꾸하지 않는 편이 낫겠지.

"이번 주 토요일이 내 생일이거든. 애들이랑 피자 먹을 건데 너도 왔으면 해서."

내키지 않았지만 단번에 거절하기도 멋쩍었다. 망설이다가, 못

갈 것 같다고 했다. 다른 약속이 있냐고 민정이 물었다. 나는 어어, 하고 얼버무렸다. 누구랑? 혹시 희연이? 민정이 채근했다. 희연과의 약속은 없었다. 하지만 우물쭈물하다가 부인할 시기를 놓침으로써 사실처럼 되고 말았다. 번복하는 것도 내키지 않아 입을 다물었다. 민정이 앞으로 나아가다가 나를 돌아봤다. 할 말이 더 있는 표정이었다.

"이희연 걔 조심하는 게 좋을 거야. 뒤통수치는 데 선수거든……"

희연은 만만하다 싶은 상대에게 접근하고 상대가 자기에게 넘어왔다 싶으면 뒤통수를 친다고 했다. 충고라고 하기에는 미심쩍은 구석이 있었다. 민정의 말을 바꾸어보면 내가 희연에게 뒤통수를 맞을 거라는 말이었다. 내가 그 정도로밖에 안 보이나 싶어 기분이 살짝 나빴다.

"걔가 하는 말 다 개구라야. 자기 아빠가 의사라고 떠벌리고 다니잖아? 의사는 개뿔, 원무과에서 일하다가 얼마 전에 잘렸대. 아빠가 그 병원 의사인 애한테 들었어. 그것뿐이 아니야. 걔네 집도 없어서 고모네 집에 얹혀산다던데?"

"무슨 사정이 있을 수도 있지."

"네가 그러니까 걔가 널 이용하는 거야."

뭐라도 대답해야 했는데 목이 잠겼다. 민정이 안쓰럽다는 표정을 지으며 돌아섰다.

학교에 가고 싶지 않아 뭉그적대다 늦게 집을 나섰다. 차라리

장염을 앓았을 때가 나았다는 생각마저 들었다. 민정도 희연 못지
않게 껄끄러웠다. 누구와도 말을 섞지 않았다. 하필 체육 시간을
앞두고 사라진 체육복을 찾느라 아이들이 모두 교실을 빠져나갈
때까지 남게 됐다. 민정이 다가와 다시 희연을 입에 올렸다. 나는
벽에 걸린 시계를 향해 눈을 돌렸다.

"너, 이희연 정말 좋아하는구나. 근데 걔도 널 진심 좋아할까?"

표정은 단호하고 말에 가시가 돋쳐 있었다. 이어 작정이라도 한
듯 희연을 헐뜯기 시작했다.

희연은 성적이나 외모, 집안 환경, 어느 것 하나 내세울 게 없었
다. 열등감 때문에 뭐든 포장해서 떠벌렸다. 간에 붙었다 쓸개에
붙었다 하는 거야말로 주특기였다. 희연이 그런다는 걸 알만 한
아이들은 다 알았다. 희연은 아이들이 자기를 손가락질하는 걸 알
면서도 어떻게든 살아남으려고 나날이 잔꾀만 늘었다. 문제는 희
연이 나에 대해 나쁜 소문을 내고 다닌다는 거였다.

"그러니까 그게 말이야, 네가 남자를 밝힌다고……"

희연의 말로는 내가 남자들을 유혹하는 말을 흘리고 눈웃음을
치며, 걸을 때조차 엉덩이를 흔든다는 거였다. 뿐만 아니라 어장
관리 차원에서 여러 명에게 동시에 추파를 던진다고.

머리칼이 쭈뼛 서는 느낌이고 이마에 진땀이 났다. 민정이 못
믿겠으면 이거, 하면서 휴대전화에 녹음된 걸 들려주었다. 민정은
희연이 그보다 더한 말도 했는데 차마 입에 담을 수가 없다고 했
다. 하지만 민정은 더 말하지 못해 안달하는 눈치였다. 내가 원한

다면 말해주겠지만 상처받을까 봐 못 하겠다고 고개를 젓는 순간
에마저 내가 물어주기를 바라는 눈빛이었다.

희연에게 받은 배신감 못지않게 민정에게도 모욕감을 느꼈다.

집으로 돌아오는 길에는 눈앞이 온통 먹빛이었다. 한 발 한 발
내디딜 때마다 내 안의 샘물을 길어 올리기 위해 안간힘을 써야
했다. 좀처럼 샘물은 솟지 않았다. 아니, 애초 내 안에 샘 따위는
존재하지 않았다는 걸 알 수 있었다.

방에 들어오자마자 침대에 누웠다.

지금이라도 희연이 네가 어떤 애인지 알게 돼서 다행이야. 어떤
식으로든 되갚아줄 테니까 기다려. 민정이 너도 희연이와 다를 게
없어. 나를 혼란에 빠뜨려 넘어뜨리고 싶은 것 같은데, 원한다면
기꺼이 넘어져줄게. 하지만 넘어지는 거하고 넘어져주는 거하고
는 다르다는 걸 알아둬. 그렇게 이를 악물며 밤새 뒤척였다. 새벽
녘에야 잠이 들었는데 가방과 신발을 잃어버리고 헤매는 꿈이 반
복됐다.

엄마는 내가 잠꼬대를 심하게 하더라며 걱정스럽게 쳐다봤다.
나는 급한 척 후다닥 집을 나섰다. 걸음은 더딘데도 시간은 흘러
어느새 학교 근처였다.

편의점 옆 골목에서 희연이 불쑥 튀어나왔다.

"얼굴이 안 좋아 보이는데, 또 어디 아픈 거 아냐?"

"……"

"아침은 먹었어?"

나는 대꾸하지 않고 걸음에 속도를 냈다. 희연이 따라와서 샌드위치를 내밀었다. 호의라기보다는 강요에 가까운 몸짓이었다. 그걸 받아서 보란 듯이 내동댕이치고 싶었다. 몇 발짝 떨어진 곳에서 민정이 지켜보고 있었다. 아직도 정신을 못 차렸구나, 라고 말하는 눈빛. 마침 아이들이 우르르 밀려들어 오고 조회를 알리는 종소리가 났다. 달리는 아이들 틈에 끼어서 나도 달렸다.

나는 책상에 샌드위치를 올려놓았다. 홍상윤이 배드민턴을 빡세게 쳤더니 배가 고프다며 내 앞으로 왔다. 일부러 그러는 듯 샌드위치를 가리키며 혹시 안 먹을 거면 자기가 먹어도 되냐고 물었다. 나는 고개를 끄덕였다. 희연이 쪼르르 달려와 막아섰지만 홍상윤이 잽싸게 샌드위치를 낚아챘다. 희연이 나를 향해 눈을 흘기고는 제자리로 돌아갔다. 순간, 가슴이 찌릿했다.

시간은 느리게 흘러도 지나가기 마련이었다. 드디어 수업이 끝났는데 하필 민정과 같은 청소 구역을 배정받았다.

"내가 괜히 쓸데없는 말을 했나 봐."

"아냐."

"그럼 기분 푼다는 뜻으로 내 생파에 올래?"

"……"

"오는 걸로 알고 있을게. 장소는 영어 교과 교실이야. 12시. 아침에 거기서 자율 동아리가 있거든. 영어 쌤한테 허락도 받아놨어."

집에 도착했을 때 희연으로부터 전화가 왔다. 받지 않자, 내일

만나고 싶었는데 갑자기 일이 생겼다고 카톡을 보내왔다. 무시할까 하다가 동그라미 두 개로 답장했다. 어설프게 마음을 드러내는 것은 대놓고 욕을 하고 머리채를 잡는 것만 못할 테니까.

여느 때 같으면 주말 아침의 늦잠을 즐겼을 텐데 일찍 눈이 떠졌다. 민정의 생일 파티에 가야 할지 말아야 할지 여전히 갈등됐다. 하필 엄마 친구들이 집에 놀러올 거라고 했다. 엄마는 독서실에 가든지 친구를 만나든지 하라며 전에 없이 용돈까지 쥐여주었다. 때맞춰 민정이 단톡방을 열었다. 여진과 나 외에 세 명이 더 있었다. 생일 파티 참석 여부를 묻자 나를 제외한 나머지가 호들갑 수준의 댓글을 달았다. 나는 마음을 정하지 못해 안 읽은 척했다.

비를 머금은 구름 때문에 하늘은 더없이 낮았다. 막상 집을 나왔지만 마땅히 갈 데가 없었다. 주머니 속의 지폐를 만지작거리며 쇼핑몰로 향했다. 딱히 민정에게 줄 선물을 고르려고 한 것은 아니었다. 어쩌다 보니 민정에게 어울릴 것 같은 머리핀이 눈에 띄었고 얼떨결에 계산을 했다. 그때까지만 해도 민정의 생일 파티에 꼭 가야 한다는 생각은 없었다. 굳이 내키지도 않는 곳에 가서 마음에도 없는 선물을 전할 필요가 있을까. 마음은 갈팡질팡하는데도 웬일인지 걸음이 학교로 향했다.

약속 시간은 아직 30분이나 남았는데 영어 교과 교실에서 왁자한 소리가 흘러나왔다. 문이 열려 있었다. 뜻밖에도 희연의 목소리가 들렸다. 걸음이 절로 멈춰졌다. 희연이 뒤통수를 친다는 게 이런 건가? 하지만 나를 부른 것은 민정이었다. 민정은 왜 이런 식으로 나와 희연을 불렀을까? 희연에게도 나에게 했듯 단톡방을 열고, 나에 대한 험담을 늘어놨을까? 아니, 민정은 그저 나와 희연이 만나기로 한 줄 알고 희연을 불렀을 뿐인데, 내가 과민한 걸까? 아니, 희연은 갑자기 일이 생겼다고 톡을 보냈었다. 좋은 쪽으로 생각하고 싶은 건 내 마음일 뿐, 그 애들은 벌써부터 이 일을 공모했는지도 모른다는 생각이 들었다. 나는 교실로 들어가지 못하고 서성거렸다. 나는 피자만 쏜다. 노래방은 너희들이 쏴라. 민정이 특유의 높은 톤으로 으스댔다. 오케. 희연의 목소리였다.

"노래방은 내가 쏠게. 오늘은 나도 자유의 몸이니까 맘껏 놀아봐야지. 인서랑만 다니다 보니 속이 터질 것 같았거든. 걔가 공부 좀 한다고 은근 사람 숨 막히게 하잖아."

"그런 공감장애랑 같이 다니는데 어렵하겠어. 그래도 윤인서가 노래는 잘하잖아. 노래방 갈 때 부를까?"

"여진이 너 지금 뭐라 그랬어? 인서가 노랠 잘한다고?"

"너 몰랐어? 걔 노래만 잘하는 게 아니라 춤도 잘 춰. 웬만한 걸 그룹 뺨친다니까. 중학교 땐 유명했어."

"그래? 어쩐지……"

희연이 말꼬리를 길게 늘이고, 약간 뜸을 들이다가 입을 열었다.

"순진한 척은 혼자 다 하면서 호박씨 까는 거 장난 아니다 했지. 남자애들 후리고 다닐 때 알아봤어야 했는데 말이야……"

"하긴 중학교 때부터 남자애들이 침을 질질 흘리긴 했어. 그러는 덴 이유가 있지. 걔 젖통이 수박 통이잖아."

여진이 큰 소리로 말했다.

"야, 대박!"

한바탕 웃음이 터진 뒤 희연이 다시 말을 이었다. 걔 말야, 그거에 중독된 거 같더라.

"그거?"

"야, 니들 다 알면서 내숭 까지 마라."

어머, 어머, 그럼 그게 그거야? 그거에 벌써 중독? 말도 안 돼. 사실이 진실이라니까…… 손뼉을 치고 책상을 두드리는 바람에 더 이상 말을 알아들을 수가 없었다. 물론, 안 들어도 무슨 말이 오가는지 알 것 같았다.

나는 가슴이 벌렁거리다 못해 조여들었다. 이내 숨이 멎을 것 같은 압박감을 느꼈다. 계단을 내려오는데 지옥에 한 발을 내디딘 기분이었다. 하필 계단을 올라오던 피자 배달원과 부딪혀 넘어졌다. 무릎을 움켜쥐고 교문을 빠져나오는데 민정으로부터 톡이 왔다. 오는 중? 일이 있어서 못 갈 거 같아. 민정은 답이 없었다. 순간, 선물로 산 머리핀이 없어진 걸 깨달았다. 어디다 흘렸는지도 생각나지 않았다. 어차피 필요 없게 된 물건인데, 미련도 없었다.

얼마나 쏘다녔을까. 어둠이 내린 거리에 빗방울이 하나둘 떨어지고 있었다.

너 안 오길 잘했어. 재미없어서 금방 끝났거든. 참, 부르지도 않았는데 이희연도 왔더라.

민정의 톡이었다. 그리고 이거 알아두는 게 좋을 거 같아서. 다시 톡이 들어왔다. 음성 파일이 첨부돼 있었다.

"회연이 넌 하필 그런 애랑 엮여서 개고생이냐?"

"그럼 껌 딱지처럼 달라붙는데 어떡하냐?"

"하긴, 그럼 못 당하지."

"내가 웃기는 얘기 해줄까?"

"뭔데?"

"인서 걔네 가족 완존 엽기적이야. 아빠는 다 큰 딸 앞에서 팬티 바람으로 다닌대. 엄마는 늘 노브라고. 걸을 때마다 호박 통 두 개가 출렁거리는 거 있지. 인서 걔 가슴 큰 것도 유전인가 봐. 또 걔가 남친이랑 단둘이 방에서 몇 시간을 있든 무슨 짓을 하든, 부모님이 상관도 안 한대. 그 정도면 콩가루 집안 아니냐?"

"헐!"

"암튼 나 오늘 여기 온 거 윤인서가 알면 안 된다. 알았지?"

"당연한 거 아냐?"

"어? 홍상윤, 너 웬일이야?"

"나야 운동하고 가는 길이지. 니들이야말로 여기서 뭐하냐?"

"보면 모르냐? 피자 먹고 있잖아. 배고프면 한 조각 먹든지.”

“고맙지만 사양할게. 난 점심 약속 있어서 먼저 간다.”

“재수 없어. 윤인서 있었으면 바로 껐겠지. 안 그래?”

“당연하지. 여진아, 그러니까 이제 홍상윤한테 신경 꺼.”

“으휴, 민정이 넌 친구라는 애가 말을 꼭 그렇게 하냐?”

“충고할 때 들어라. 몸에 좋은 약이 입에 쓴 법이니까.”

“몰라. 짜증 나. 야! 이희연. 아까 하던 얘기나 계속해 봐.”

“내가 좀 거둬줬더니 걔가 나를 발톱의 때만큼도 안 여기는 거야.”

“그래?”

“그뿐이 아니야. 걔 생리 때만 되면 성질도 더럽고 도벽도 있어.”

“도벽? 그럼, 저번에 그 사건도?”

“어머머, 어쩜 그렇게 뻔뻔할 수가⋯⋯”

빗줄기가 점점 거세졌다. 그럼에도 거리는 온통 현란한 불빛이었다. 그 빛들이 내 눈을 찔러댔다. 발은 계속 허방을 짚었다.

집에 돌아왔을 때는 옷이 쫄딱 젖은 채였다. 엄마는 나에게 무슨 일이 있다는 것을 짐작한 표정이었다. 여느 때 같으면 어딜 갔다가 이제 오느냐고 꾸짖었을 텐데, 얼른 씻고 자라고 했다.

아무것도 생각하고 싶지 않고 아무것도 생각나지 않았다. 새벽
녘까지 뒤척이다 깜박 잠이 들었다. 어둠 속에서 피를 뚝뚝 흘리는
짐승을 봤다. 그 짐승이 나를 쫓아왔다. 그 짐승으로부터 벗어나
려고 발버둥 쳤다. 간신히 벗어났다 했는데 어느 순간 피투성이가
된 채 쓰러져 있는 나를 발견했다. 그 짐승은 다름 아닌, 나였다.

화들짝 놀라 잠에서 깨어났다. 가슴은 얼음 조각이 박힌 것처럼
서늘한데 몸은 땀으로 흥건했다. 일요일이어서 다행이었다. 하루
종일 시체처럼 누워 있었다.

주말을 지난 교실은 어수선했다. 아이들은 모자란 아침잠을 보
충하거나 밀린 수다를 떨며, 과제를 베끼고 주전부리를 하느라 바
빴다. 희연과 민정을 비롯해 그 자리에 있었던 아이들도 평소와
다름없었다. 그런데 민정이 내가 잃어버린 머리핀을 꽂고 있었다.

내가 떨어뜨린 걸 주웠을까? 피자 배달원과 부딪혔을 때 떨어뜨
렸을 거라는 생각이 문득 스쳤다. 그가 주워서 가져다줬을 가능성
도 있었다. 그랬다면 그 애들도 내가 거기에 갔다는 걸 알았을 텐
데. 물론, 아닐 수도 있었다. 어떤 경우든 이제 와서 그런 게 중요
하지는 않았다. 달라질 것도 없었다. 일이 이렇게 된 바에야 내 손
으로 머리핀을 건네지 않은 것만도 다행이라는 생각이 들었다.

민정은 내가 어떻게 나오는지 기다리는 눈치였다. 나는 피투성
이로 쓰러진 짐승을 일으켜 세워야 한다는 생각으로 눈 하나 깜짝
하지 않았다. 내 안에 이렇게 단단한 내가 있었다는 게 믿기지 않

왔다. 드디어 내 안에 샘이 생기고 샘물이 솟는 느낌이었다.

겉으로 보기에는 아무 일도 일어나지 않은 채 종례까지 끝났다. 빨리 학교를 벗어나고 싶었지만 느릿느릿 걸음을 옮겼다. 어느 결에 희연이 다가왔다. 내 눈치만 볼 뿐 말을 걸지는 않았다.

희연은 내가 민정의 생일 파티에 초대받았다는 걸 몰랐겠지? 알았다면 그러지 못했을 테니까. 아니, 민정이 나중에라도 말해주지 않았을까? 그렇다면 알면서 모르는 척하는, 이 태도는 뭐지?

"연극 보러 갈래?"

희연이 물었다. 나는 대꾸하지 않았다. 보지 않아도 희연의 손가락이 입으로 들어가고 눈동자가 이리저리 구르고 있다는 걸 알 수 있었다. 네가 보고 싶어 하던 연극이야, 라고 말하는데 풀 죽은 목소리였다. 불편한 침묵이 흘렀다. 희연이 다시 어렵게 구한 푠데, 하면서 말끝을 흐렸다. 그런 건 개한테나 가져다줘, 라는 말을 삼키면서 오히려 희연과 게임을 시작하는 기분이었다.

"집에 일찍 가봐야 돼."

"나한테 화났어?"

그런 말이 나오냐, 라는 말이 목구멍까지 올라왔지만 꾹 눌렀다. 어차피 게임을 하려면 그 편이 나았다.

"갑자기 왜 그래?"

갑자기? 너 지금 그걸 말이라고 하는 거야? 나도 모르게 목소리가 격앙되고 온몸의 피가 역류했다. 아니, 그것은 상상일 뿐, 나는 표정 하나 흐트러지지 않은 채 희연을 쏘아봤다. 희연의 손가락이 입으로 들어가는 것을 보고 돌아섰다. 야릇한 쾌감이 등줄기를 타고 내렸다.

한참 걷고 있는데 수아로부터 전화가 왔다.

수아의 목소리가 통통 튀었다. 첫마디가 시험 잘 봤냐는 거였다. 대답할 틈도 주지 않고 특목고 애들도 별거 아니더라고, 자기는 1차 지필평가에서 거뜬히 상위권에 진입했다고 했다. 이어서 그동안 친구를 사귀었는지, 남친은 생겼는지 물었다. 나는 아니라고 했다. 수아는 친구를 찾지 못했는데 나만 한 친구가 없기 때문이며, 대신 한창 열애 중이라고 했다. 남친은 그 학교 수석인데 얼짱에 매너가 좋고, 둘은 같은 대학에 진학할 목표를 세웠다고 했다. 묻지도 않았는데 둘이 자주 가는 곳이며 만나서 뭘 하는지 말해주었다. 더 이상 수아의 말이 귀에 들어오지 않았다.

하늘은 거리에 어둠을 풀어버린 채 창백했다. 눈썹 모양의 달이 나를 따라왔다. 달은 너무 높이 있어 내 마음을 알아줄 것 같지 않았다. 아스팔트 위에서 내 몸은 너울거렸다. 거리는 불빛으로 인해 노란색이었다가 붉은색이었다가 푸른색을 지나 검은색으로 변해갔다. 처음부터 뭐가 잘못됐던 걸까. 잘못된 것이 있다면 바로잡아야지. 검은색의 거리가 다시 파래지고 붉어졌다가 노래지고 하얗게 바뀔 때까지, 나는 등을 꼿꼿이 펴고 걸었다.

뜻밖에도 집 앞에서 희연이 기다리고 있었다.

"네가 다른 애가 된 거 같아."

그거라면 네가 더 잘 알 거 아냐. 속으로 말하고 하늘을 쳐다봤다. 희연이 자기한테 할 말 없냐고, 할 말 있으면 하라고 했다. 그 말이 귓가에서 튕겨 나갔다.

"할 말 없어."

이번에는 희연을 향해 살짝 웃어주었는데, 얼굴 근육의 움직임을 최소화하고 입꼬리를 말아 올렸다. 그런 웃음이 상대에게 어떤 느낌을 주는지 나는 알고 있었다.

"아니, 있어. 네 눈이 나를 경멸하고 있거든."

그래, 제대로 봤어. 하마터면 그렇게 내뱉을 뻔했다. 어쩌다가 희연과 눈이 마주쳤다. 희연은 내가 무슨 말이든 해주기를 바라고 있는 것이 분명했다. 나야말로 희연을 향해 왜 그랬냐고 묻고 싶었다.

"내가 널 얼마나 좋아하는지 알지?"

"……"

"누가 뭐래도 우린 베프잖아."

희연의 얼굴에 침이라도 뱉고 싶었다. 머릿속으로는 벌써 몇 번이나 그렇게 했다. 나는 애써 무덤덤한 표정으로 돌아섰다. 인서야, 부르는 소리가 들렸지만 이미 대문을 닫은 뒤였다.

이상하게 마음에 평온이 찾아왔다. 이대로 모두로부터 자유로워지고 내 마음이 더욱 단단해지기를 바랐다. 내 안의 샘이 넘쳐나기를, 그래서 나라는 존재가 더욱 투명해지기를. 하지만 내가 넘어져준 게 아니라 넘어졌다는 걸 부인할 수 없었다. 그것도 제대로 엎어진 느낌이었다. 이대로 있으면 안 된다는 걸 알 수 있었다. 어차피 바닥이라면 기어오르는 수밖에. 단, 어떤 식으로든 짚고 넘어가야지. 그런 뒤에야 비로소 다시 일어설 수 있을 테니까. 지금까지 나는 뭐든 내 마음이 시키는 대로 하지 못하고 남의 눈을 의식하는 데 급급했다. 이제 더 이상 그런 나는 없을 것이다.

밤새 뒤척이며 내가 뭘 해야 하는지 생각했다. 새벽녘에야 결론을 얻었다. 녹음한 파일을 전송해준 민정에게 꾸벅 인사라도 하고 싶었다. 그걸 반 아이들에게 공개했을 때 나에게 돌아올 반향도 만만치 않겠지. 두려운 것도 사실이었다. 그렇다고 포기하면 그 피투성이 짐승은 끝내 일어서지 못할 거였다.

아침 일찍 학교로 향했다.

교실은 비어서 더 어두운 느낌이었다. 나는 칠판 앞으로 가서 분필을 들었다.

도난 사건의 범인은? 붉은 글씨로 적고 그 옆에 희연의 이름을 적었다. 그 위로 하트를 그려 넣은 뒤 그 안에 베프, 라고 썼다. 민정을 비롯해서 그날 모였던 아이들을 좀비처럼 그려 넣고 이니셜로 명찰을 달아주었다. 손끝이 찌릿하고 이내 온몸에 전율이 흘렀다.

나는 교실 뒤쪽의 거울 앞으로 걸어갔다. 거울 속의 내가 나에게 말했다. 윤인서! 괜찮아, 잘했어. 게임은 이제부터 시작이야. 싸움이라고 해도 되겠지.

벌써부터 5교시가 기다려졌다. 모두 조느라 고요한 학생자치 회의 시간. 교실 안에 울려 퍼질 소리를 떠올리자 저절로 입꼬리가 올라갔다. 볼륨은 최대한 높게. 기왕이면 블루투스 스피커를 사용해도 좋겠지. 한 번 들어서 이해를 못 하는 아이들을 위해 다시 들려주는 서비스까지. 어느새 마음의 여유가 생기면서 슬슬 배가 고팠다. 편의점에 가서 컵라면이라도 먹어두는 게 좋을 것 같았다.

갑자기 교실에 불이 켜지고 인기척이 났다.

"어? 인서 네가 이렇게 빨리 웬일이냐?"

홍상윤의 얼굴이 반가움과 호기심으로 일렁거렸다.

"일이 좀 있어서."

홍상윤이 칠판을 보더니 멈칫했다. 설마, 네가 저걸 쓴 건 아니겠지? 하는 표정이었다. 나는 내가 썼어, 라고 눈으로 말했다. 순간, 섬광처럼 생각 하나가 스쳐 갔다. 굳이 5교시까지 기다릴 필요가 있을까.

"저기, 부탁이 있는데 들어줄래?"

"부탁? 네가 나한테 그런 것도 하냐?"

홍상윤에게 휴대전화와 블루투스 스피커를 건네며 조회 시간 직전에 음성 파일을 재생시켜달라고 했다. 그 애가 손을 내밀다가 잠시 머뭇거렸다. 뭔가를 감지한 눈빛이었다. 나는 다시 한번 부탁했다.

"알았어. 누구 부탁인데……"

나는 문을 활짝 열어젖히고 교실을 나섰다.

해는 이제 막 기지개를 켜는 중이었다. 눈이 부셨다. 양팔을 활짝 벌린 채 교정을 가로질렀다. 잠시 멈춰 서서 고개를 젖힌 채 은 빛 햇살을 그러안았다. 빛이 내 몸으로 흘러 들어와 몸을 단단하 게 만들어주었다. 천천히 화단 앞으로 다가갔다. 봉오리를 여는 꽃들의 움직임이 고요했다. 그러나 어느 때보다 짙은 향기를 내뿜 고 있었다.

~~~~~~~~~~~~~~~~~~~~~~~~~

소희

~~~~~~~~~~~~~~~~~~~~~~~~~

햇살도 바람도 소풍 가기 딱 좋은 날씨였다. 이럴 줄 알았으면 정민이 놀이공원에 가자고 했을 때 그러자고 하는 건데. 버스 정류장을 향해 가다가 공장의 담장 옆에서 담배 연기를 내뿜어 도넛 모양을 만드는 남자와 마주쳤다. 넙데데한 코와 크고 두툼한 입술에 눈동자가 풀어지고 얼굴이 불콰했다. 나는 지레 겁을 먹고 걸음에 속도를 냈다. 성교육 담당 강사는 머리를 기르지 말고 짧은 치마도 입지 말아야 하며, 밤늦게 돌아다녀서는 절대 안 된다고 했다. 그 말을 들을 때는 반발심이 일었는데, 대낮이라도 인적이 뜸한 곳에서 술을 마신 남자와 마주치면 피하는 게 옳았다. 담장이 끝나는 곳에서 커브를 돌면 학교로 통하는 길이었다. 토요일이라 텅 비었을 텐데도 이럴 때는 학교가 보호구역처럼 여겨졌다. 커브를 막 돌았을 때 휴대전화가 울렸다. 김은지. 무슨 일로 전화를 했을까. 전화 받기 싫은 걸 넘어서 살짝 짜증이 났다.

　김은지는 중학교 동창이었다. 한 달 전쯤 우연히 길에서 만났다. 그냥 지나치고 싶었는데 얼떨결에 눈이 마주쳤다. 김은지의 얼굴에 물음표와 느낌표가 동시에 스쳐 갔다. 너, 하영이지? 만화 잘 그리는 박하영. 으응…… 마주친 게 달갑지도 않고 할 말도 없어 말꼬리를 최대한 길게 늘였다. 김은지가 동창들의 이름을 대면서 같은 학교 다니지? 하고 물었다. 나는 그 애들과는 거의 말을 섞지 않고 지내기 때문에 건성으로 어, 했다. 돌아서려는데 김은지가 어디 가는 길이냐고 물었다. 학원에 간다고 했더니, 네가 학원에? 하는 표정이었다. 전부터 시비조가 입에 붙은 애였는데 그 버릇은 여전했다. 한때 소희와 어울려 다니다가 무리에서 빠졌다. 걘 언제라도 배신 때릴 준비가 돼 있는 애야. 소희의 말이 맞았다. 소희가 학교에 나오지 않자 원조 교제를 한다고 근거 없는 소문을 퍼뜨렸다. 설령 그게 사실이라고 해도, 그런 말을 흘리고 다닌 애와는 엮이고 싶지 않았다. 그 아이로부터 벗어날 기회만 엿보았다. 난 남친 만나러 가는 중인데. 김은지가 카톡 프로필 사진을 들이밀었다. 김은지와 남친이 입술을 맞대고 있었다. 빈말이라도 남친이 근사하다고 말해줬어야겠지만 나는 입을 다물었다. 김은지가 먼저, 울 오빠 잘생겼지? 하고 물었다. 어, 그래. 나는 시큰둥하게 대답했다. 김은지가 미간을 찌푸리며 돌아섰다. 몇 걸음 떼지 않아서 다시 내 앞으로 오더니, 요즘 소희 소식 들었냐고 물었다. 못 들었다고 하자 다짜고짜 전화번호를 교환하자고 했다.

내키지 않았지만 거절하기도 멋쩍어서 전화번호를 알려주었었다.

전화를 받지 않자 이번엔 카톡이 들어왔다.

독수리 죽었대. 1년 전에……

날카로운 것에 찔린 듯 가슴이 얼얼하고 눈앞이 흐려졌다. '독수리'는 소희의 별명이었다. 새 울음소리 같은 독특한 목소리 때문이었는데, 춤을 출 때마저도 새가 연상됐다. 무엇보다 소희가 독수리를 좋아했다. 소희가 주도한 댄스 동아리 이름도 '독수리 오자매'였다. 한때 김은지도 그 멤버였다.

소희가 죽다니, 왜? 무슨 일로 그랬을까? 밤마다 누군가가 나를 벼랑에서 밀어버리는 꿈을 꿔. 전엔 그저 춤이 좋아서 췄는데, 지금은 아니야. 떠밀어도 죽지 않는다는 걸 보여주고 싶어서 추는 거야. 독수리는 벼랑에서 떨어져도 날아오른다는 거 말이야. 언젠가 소희가 한 말이었다. 그때 소희의 눈동자에 날개를 펼친 새가 들어 있었다.

1년 전이라면, 소희가 나에게 전화를 걸어온 시점과 맞물렸다. 하영아, 잘 있지? 응. 그냥 보고 싶어서 걸었어. 나도 보고 싶었지만 말하지 못했다. 너 요즘 만화 대회 때문에 바쁘다며? 으응. 그게 사실이기는 했지만, 아니라고 말했어야 했다. 그랬더라면 소희와 만났을 테니까. 만약 그때 내가 소희를 만났더라면 소희는 죽지 않았을까? 나 때문이 아닐 거라고 믿고 싶지만, 이미 자괴감에 휩싸인 뒤였다.

김은지가 알려준 추모 공원의 위치를 검색했다. 하늘공원 12-B호. 버스를 타고 가다가 전철로 갈아타고 또다시 버스를 타야만 갈 수 있는 곳이었다. 그쪽으로 가는 버스를 타려면 우선 큰길을 건너야 했다. 녹색 신호등을 보고 몇 발 내딛다가 걸음을 멈췄다. 정민과의 약속이 떠올랐지만 그게 이유는 아니었다. 거기에 간다는 건 소희의 죽음을 인정한다는 건데, 내 마음속의 소희는 절대 죽어서는 안 되는 아이였다. 아니, 내가 소희를 만나러 갈 자격이나 있을까.

영화관이 있는 종합 쇼핑몰 앞은 인파로 북적였다. 정민은 늘 그랬듯이 먼저 와서 기다리고 있었다. 셔츠에 땀이 흥건했다.

"영화 보러 오길 잘한 거 같아. 오랜만에 시내에 나오니까 좋다."

정민의 목소리는 평소보다 한 옥타브 높았다. 영화보다는 놀이 공원에 가고 싶어 했으면서, 나를 배려한 말이었다. 나는 놀이 기구에 흥미가 없는 데다 마침 꼭 보고 싶은 영화가 개봉했기 때문에 선택의 여지없이 영화를 보자고 했었다. 아무에게도 말하지 못할 비밀을 가진 소녀와 그녀의 비밀을 알게 된 소년의 이야기로, 같은 제목의 원작 소설을 각색해 만든 영화였다. 소희의 소식을 듣기 전까지만 해도 영화를 보다가 정민이 내 손을 잡으면 어떻게 할까 고민했었다. 사귄 지 한 달 되면 손잡고 다니던데. 만난지 100일째 되던 날, 정민이 뒷목을 긁적이며 중얼거렸었다.

우리가 보려고 한 영화는 매진이었다. 나는 이미 영화에 대한 관심이 사라진 뒤여서 두 시간을 기다리지 말고 곧 시작하는 다른 영화를 보자고 했다. 정민이 표를 끊으려고 줄을 선 사이에 나는 화장실로 향했다. 주체할 수 없는 감정에 빠지면 으레 그렇듯 구토가 치밀었다. 입을 몇 번이나 헹구고 손을 박박 문질러 씻었다. 세면대 앞 거울 속의 내 얼굴에 소희의 얼굴이 겹쳐졌다.

"얼굴이 안 좋은데, 어디 아파?"

정민은 팝콘과 콜라를 가슴에 안은 채 화장실 앞에 서 있었다. 네가 부르면 언제라도 달려갈게, 라고 온몸으로 말하는 아이. 그런 정민과 영화를 오래도록 함께 보지는 못할 거라는 예감이 들었다. 정민과 나는 오랫동안 뭔가를 함께하기에는 각기 살아온 환경이 너무 달랐다.

"아, 아냐."

영화는 첫 장면부터 우당탕거리더니 중반을 넘어서도 그 분위기가 이어졌다. 정민은 수시로 나를 곁눈질하고, 그런 뒤에는 콜라를 홀짝거렸다. 나는 영화에 집중하는 것처럼 한 손으론 팔꿈치를 감싸고 나머지 손으론 턱을 괸 자세를 유지했다. 영화는 눈에 들어오지 않았다.

"기다렸다가 아까 그 영화를 볼 걸 그랬나 봐. 이 영화, 네 취향 아니지?"

"아냐, 그런대로 괜찮았어."

"대신 맛있는 거 먹자. 너 만난다니까 엄마가 용돈 많이 주셨어."

정민은 좋은 환경에서 자란 아이답게 구김 없는 성격에 매너도 좋았다. 엄마가 돌아가신 뒤 1년도 채 안 돼서 재혼한 아빠와 사는 것이 어떤 건지, 앞에서는 입에 발린 칭찬을 하고 돌아서면 온갖 험담으로 나를 깎아내리는 새엄마와 지내는 것이 어떤 건지, 방문은 항상 닫아두고 거실에서 슬리퍼 끄는 소리만 나도 흠칫하는 기분이 어떤 건지, 정민은 모를 거였다. 넌 누굴 닮아서 여자애가 싹싹한 맛이 없냐? 아빠가 새엄마 앞에서 그런 말을 했을 때, 나는 앞으로 절대로 싹싹한 애는 되지 않겠다고 결심했다. 그런 이야기를 정민에게 하기는 싫었다. 가족에 관한 이야기는 오직 소희에게만 했다.

"우리 엄마가 너 집에 한번 데리고 오래. 너를 보고 싶으신가봐."

"나중에."

내 말에 정민은 약간 실망한 듯 눈을 몇 번 깜박거렸다. 수업 시간에는 질문도 잘하고 자기주장도 강한 아이인데 내 앞에서는 늘 수줍어했다. 소리 내어 웃지도 않고 입가에 미소를 띠며 얼굴이 발개지기 일쑤였다.

영화관 건물 밖으로 나오자 그림자가 길어져 있었다. 우리는 근처 공원으로 걸음을 옮겼다. 얼마 전까지 연두색이던 나뭇잎들이 초록빛을 띤 채 무성했다. 봄은 늘 서둘러 달아났다.

한동안 무심코 걸었는데, 주변에 사람이 보이지 않았다. 정민은 내 손을 잡고 싶었던 걸까. 그래서 일부러 한적한 곳으로 왔을까. 나와 눈이 마주칠 때마다 정민은 앞머리를 쓸어 올렸다. 이럴 때 내가 먼저 정민의 손을 잡아줄 수 있다면…… 아니, 정민에게 지금의 내 심정을 털어놓을 수 있다면……

"다리 아프지 않아?"

벤치가 보이자 정민이 말했다. 조금 앉았다 가자고 하면서 내 눈치를 보았다. 나는 고개를 끄덕였다. 벤치에 앉자마자 정민은 조금 전에 본 영화의 장면들에 대해 이야기했다. 나는 정민의 말을 자꾸 놓쳤다. 정민은 내가 자기 말에 집중하지 못하고 딴 데 정신이 팔려 있다는 걸 알아챈 듯했다. 아니, 자기와 있는 것을 불편해하는 거라고 여기는지도 몰랐다. 안절부절못하며 맥락 없는 말을 하거나 같은 말을 반복했다.

"목마르지? 여기서 잠깐만 기다려."

아니라고 해도 정민은 굳이 편의점을 향해 달려갔다.

박하영, 너 왜 읽씹하냐?

……

너, 독수리랑 친했잖아.

또 김은지의 카톡이 들어왔는데 행간에 날이 서 있었다.

내가 소희와 친했다고 할 수 있을까. 그렇게 말하기 어려운 뭔

가가 소희와 나 사이에 있었다. 소희는 어떤 아이였을까. 소희에
대해 내가 알고 있는 것은 뭘까. 그저 편한 친구 혹은 의지하고 싶
은 친구라고 할 수는 없었다. 물론, 서로 흉허물이 없는 사이도 아
니었다. 그럼에도 소희는 나에게 특별한 존재였다.

*

소희와 나는 중학교 3년 내내 같은 반이었다. 우연치고는 꽤 질
긴 인연이었다. 소희는 중학교 1학년 때까지만 해도 모범생 축에
속했다. 교복을 줄여 입지도 않고 화장을 하지도 않았는데, 춤 실
력은 어지간한 아이돌 저리 가라였다. 그래서인지 아이들 사이에
서 선망의 대상이었다. 그런데 중학교 2학년 후반부터 180도 달
라졌다. 소희의 아빠가 교통사고로 돌아가신 즈음이었다. 결석을
밥 먹듯이 했다. 술을 마시고 담배를 피우는 건 예사고, 시비에 휘
말려 학교폭력자치위원회에 회부되기 일쑤였다. 그렇게 변해가는
소희가 안타까우면서도 한편으로는 이해가 됐다. 초등학교 5학년
때 엄마가 돌아가시자 나도 뭐든 반대로 하고 싶었었다. 왼쪽으로
가라고 하면 오른쪽으로 가고, 빨간 신호등에 길을 건넜다. 미안하
다고 해야 할 대목에서 화를 내고, 울음이 나오려고 하면 소리 내
어 깔깔거렸다. 할 수만 있다면 머리를 땅에 대고 발로 하늘을 걷
어차며 걸었을 거였다. 소희를 위로하고 싶었지만 생각뿐이었다.
소희와 나는 다른 세상에 살고 있었으니까. 3학년 2학기 겨울방학

을 두 달 앞두고 소희는 이웃 학교 아이들과 패싸움을 해서 중징
계를 받았다. 그전부터 결석이 많아 유급될 위기에 놓인 걸 담임
이 눈감아줘서 출석 일수는 간당간당 채웠는데, 졸업식장에는 나
타나지도 않았다.

그런 소희가 이따금 학교에 오는 날이면 나에게 말을 걸고 친
근하게 대해주었다. 그게 싫지는 않았는데, 그 애의 눈빛 때문이
었다. 먼 데를 향한, 보통과 다른 뭔가를 좇는 눈빛이라고나 할까.
그 눈빛에 간절함이 배어 있었다. 또 소희는 김은지를 비롯한 몇
몇이 나에게 함부로 군다든지 내 책을 가져가거나 내 그림에 물을
쏟는 것을 보면 나를 대신해서 보복까지 해주었다.

소희가 나에게 왜 그랬는지는 아직도 수수께끼로 남아 있다.

장기 결석을 하던 소희가 3학년 2학기 1차 지필평가 기간에 학
교에 나왔다. 그야말로 시험 기간에만 코빼기를 비친 격이었다.
시험 마지막 날, 아이들은 종례도 듣는 둥 마는 둥 하고 어디로 가
서 뭘 하고 놀 건지에 대해 이야기하느라 바빴다. 나는 마땅히 할
것도 없고 갈 데도 없었다. 집에 가봤자 나를 반길 사람도 없고,
딱히 만나고 싶은 사람도 없다는 사실에 비참한 기분마저 들었다.
만화박물관에 틀어박혀 만화책이나 실컷 봐야지, 막연하게 생각
만 하고 있었다. 주번이어서 문단속을 하느라 뒤늦게 교실을 나섰
는데 복도에 소희가 서 있었다. 운동장 쪽으로 난 창문을 향해 선
채였다. 여느 때 같으면 어울리는 아이들과 벌써 학교를 벗어났을
아이가 그때까지 복도에 남아 있는 것이 의아했다. 나는 말을 걸

어볼까 하다가 그냥 계단을 내려왔다. 말을 걸 명목도 없고 용기도 나지 않았다. 어디선가 무리들이 진을 치고 있겠지, 하면서 교문을 빠져나왔다. 만화박물관으로 가는 버스를 탔는데 소희도 같은 버스를 탔다는 걸 뒤늦게 알았다. 소희가 왜 그 버스를 탔는지 궁금했고, 혼자라는 것도 이상했다. 승객이 많은 데다 말을 붙이기에는 거리가 멀어 다행이라는 생각이 들었다. 그때까지만 해도 소희와 저녁을 같이 먹게 될 줄은 꿈에도 몰랐다.

만화책을 서너 시간쯤 본 뒤 머리도 식힐 겸 1층 로비로 나왔는데, 카페테리아에 소희가 앉아 있었다.

"만화 다 봤어? 같이 저녁 먹으러 가자. 내가 쏠게."

소희와의 만남이 우연이 아니라는 걸 알고 적잖이 당혹스러웠다.

소희는 외관만 봐도 고급스러운 파스타 집으로 나를 데려갔다. 나는 그런 곳이 처음이어서 어떤 메뉴를 골라야 하는지 몰랐다. 소희가 뭘 먹겠냐고 했을 때 아무거나, 라고 했다. 소희는 메뉴를 하나하나 짚어가며 이건 이런 거고 이건 이런 맛이야, 하고 설명을 곁들였다. 내 반응을 눈여겨보고는 내가 좋아할 만한 걸 찾았다며 음식을 주문했다. 과연 소희의 선택은 탁월했다. 수프와 파스타, 샐러드 모두 혀끝에서 살살 녹았다.

"왜 이걸 사주냐고 안 물어봐?"

솔직히 궁금했지만 차마 묻지 못했을 뿐이었다.

"어?"

"네가 괜찮은 애 같아서."

네가 괜찮은 애 같아서, 라는 말은 네가 좋아서, 라는 말보다 더 듣기 좋았다. 그 말이 진심일까 하는 의문도 일었지만, 이상하게 가슴이 뛰었다. 나에 대해 그렇게 말해준 사람은 돌아가신 엄마 말고는 없었다. 세상에 울 하영이처럼 괜찮은 애가 있을까. 엄만 네가 자랑스러워.

"그땐 고마웠어."

"어?"

"너, 입 무겁더라. 다른 애들 같았으면 벌써 소문을 내고도 남았을 텐데."

그 말이 무슨 뜻인지 알 수 있었다.

한 달쯤 전, 밤늦은 시간이었다. 서점에 가느라 부천역에 들렀다가 화장실이 급해 아무 건물에나 들어갔다. 한 아이가 좌변기를 끌어안은 채 쓰러져 있었다. 바닥에는 피가 홍건했다. 그 아이를 일으켜 세우면서 가슴이 울렁거렸다. 소희가 왜? 무슨 일로? 119를 누르는 손가락이 자꾸 다른 숫자를 향해 나갔다. 병원에 가서 소희의 몸에서 흘러나온 핏덩어리가 뭔지 알게 됐을 때, 내 가랑이에서도 피가 쏟아지는 느낌이었다. 소희가 안쓰러웠지만 내가 해줄 수 있는 건 거기까지였다. 그 일을 계기로 달라진 게 있다면 소희가 내 마음에 깊숙이 들어와 자리 잡았다는 거였다. 나는 아무것도 보지 못했고 소희에게는 아무 일도 없었던 거다. 그렇게 생각함으로써 그 일을 기억 속에서 밀어냈다. 그것이 소희에게 드리워진 그림자를 감싸주는 거라는 생각이 들었다.

파스타를 함께 먹고 얼마 지나지 않아 소희는 징계를 받았다. 그 뒤로 학교에는 얼굴도 비치지 않았다. 그런데 겨울방학식 날, 소희가 교문 앞에서 나를 기다리고 있었다. 두 달 만인데, 어제도 만난 것처럼 스스럼없이 나를 불렀다. 스테이크 먹으러 가자. 나는 부담스러워서 거절했다. 하지만 네가 비밀을 지켜줄 거 같아서, 라는 말에 따라가지 않을 수가 없었다. 소희에게 뭔가 힘든 일이 있고, 그걸 털어놓을 대상이 나밖에 없다면 외면해서는 안 될 것 같았다. 누구든 한 사람쯤은 비밀을 들어줄 사람이 있어야 할 테니까.

레스토랑을 나온 뒤, 소희는 버스를 타고 종점까지 가자고 했다. 겨우 그 정도의 비밀이라니. 비밀이라고 말하기에는 너무 시시해서 약간 실망스럽기까지 했다. 그런데 버스를 타고 가면서 비밀스러운 일은 아직 시작되지도 않았다는 걸 알 수 있었다. 소희는 아무 말도 하지 않았지만 약간 들떠 있었고, 그럼에도 간간이 숨을 몰아쉬고 손으로 가슴을 쓸어내렸다.

버스에서 내린 뒤 소희는 정류장 앞의 미니 슈퍼마켓에 들어갔다. 불룩한 비닐봉지를 들고 나와서 희미하게 미소를 지었다. 술이랑 안주야. 나하고 술을 마시자는 건가? 약간의 설렘과 모종의 두려움이 교차했다. 한참을 말없이 걸었다. 스산하고 사람이 살 것 같지도 않은 동네였다. 어둠이 내리고 있었다.

"하영이 너, 돌아가고 싶지?"

"아, 아냐. 근데 시간이 너무 늦은 거 같아서……"

내가 얼버무리는 동안에도 소희는 앞을 향해 걸어갔다. 돌아가고 싶으면 돌아가라고 소희의 등이 말하고 있었다. 그렇지만 소희를 두고 혼자 돌아갈 수는 없었다. 멀찍이 떨어져서 소희를 따라갔다. 소희도 내가 자기를 뒤따르고 있다는 것을 아는 듯했다. 한 번쯤 뒤를 돌아볼 법도 한데, 그러지 않았다. 얼마나 더 걸었을까, 손발이 시리고 발목이 나무토막처럼 느껴졌다. 고요 속에서 길은 끝없이 펼쳐져 있었다. 나는 약간 불안하고 두렵기까지 해서 걸음을 멈추고 소희를 불렀다. 소희도 걸음을 멈추고 뒤돌아봤다.

"혹시 길을 잘못 찾아온 거 아냐?"

"아니, 어렸을 때 살았던 데야. 눈 감고도 어디가 어딘지 알아. 저 철로 보이지? 철로를 따라 조금만 더 가면 돼."

"거기에 뭐가 있어?"

그 말에는 대답도 없이, 전에는 철로 부근이 온통 야생화 천지였다고 했다. 공장을 짓는다고 집들을 모두 허물고 땅을 밀어버렸는데 무슨 영문인지 공장이 들어서지 않았다고. 그게 행운인지 불행인지 모르겠다고 했다. 누구에게 행운인지 불행인지 모르겠다는 건지 알 수 없었다. 철로를 따라 한참을 걸었다. 평행선이었던 철로가 어느 지점에서 맞붙어 있었다.

"철로가 만나는 게 신기하지? 여기서 첫 키스를 했어."

첫 키스를 했다는 말보다 철로가 만나는 지점이라는 게 더 가슴에 남았다.

"그날따라 노을이 보랏빛이었어. 그런 하늘 아래서는 뭘 해도 괜찮을 거 같고, 뭘 해도 아름다울 거 같았거든."

소희의 뒤쪽으로 보랏빛 노을이 펼쳐졌다. 이내 소희의 얼굴이 보랏빛으로 물들었다. 소희가 나에게 키스하는 아이들을 그림으로 그려달라고 했다. 하늘은 꼭 보랏빛이어야 한다며. 소희는 부탁하는 것처럼 말했지만, 나에게는 그려주지 않으면 안 된다는 말로 들렸다.

맞닿은 채 끊겼다가 다시 이어지는 철로를 따라 걸으면서 나는 머릿속으로 키스하는 아이들을 상상했다. 머리부터 발끝까지 온통 보랏빛으로 물든 아이들. 너무 아름다운 풍경에 압도되면 아무것도 생각할 수 없듯이, 아름다운 이야기에 압도돼 그림을 그릴 수가 없을 것 같았다.

철로의 끄트머리에 다다르자 멀리 폐허 같은 건물이 보였다. 그것은 건물이라고도 할 수 없는, 기둥 몇 개에 낡은 천막이 둘려진 구조물에 불과했다. 그 10미터 전방에 어디서 오려다 붙여놓은 것 같은 나무 한 그루가 서 있었다. 나뭇가지에 하얀 털실을 감아놓았는데 그것은 눈꽃처럼 보였다. 그 앞에서 소희가 걸음을 멈췄다. 더 이상 따라오지 말라고 소희의 눈이 말했다. 나는 그 자리에 붙박인 채 우두커니 서 있었다. 소희가 천막 안으로 들어가기 전에 나를 돌아봤다. 기다려줘, 라고 말하는 눈빛. 그것은 순전히 느낌일 뿐이었는데도 선명하게 다가왔다. 나는 그 자리에 남아 오래도록 나무를, 나무 위의 눈꽃을 쳐다봤다.

어렸을 적, 아픈 엄마와 내가 할머니 댁에서 겨울을 날 때였다. 겨우내 나무들은 눈꽃을 이고 서 있었다. 봄이 되자 새 움을 틔웠는데 그중 한 그루가 쓰러졌다. 겨우내 눈을 이고 서 있다가 눈이 녹자 쓰러져버린 나무. 엄마가 돌아가셨을 때, 나는 그 나무가 된 것 같았다.

천막 안에서 무슨 소리가 새어 나왔다. 처음에는 그저 음악 소리인 줄 알았는데, 아니었다. 음악 소리에 흡수돼 분간이 어려웠을 뿐, 다투는 소리였다. 고성이 오가고 뭔가를 던지거나 부수는 소리가 잇달았다. 나는 안으로 들어갈 수도 없고, 그 자리를 떠날 수도 없었다. 새들이 불길한 울음을 울며 날아갔다. 어쩌면 내 마음이 지어낸 광경이었을 뿐, 새는 없었는지도 모른다. 언젠가 구급차를 타고 소희와 병원에 갔을 때처럼 내가 소희의 보호자로 와 있는 거라는, 터무니없는 생각도 들었다. 소희가 제 발로 찾아왔으니까 남자와 함께 있다고 해도 그 남자가 괴한일 리는 없었다. 걱정할 것 없다고 되뇌었다. 하지만 벌써부터 내 안에서 자라고 있는 불안의 기미를 잠재우기 위해 나는 땅바닥에 그림을 그리기 시작했다. 날개가 커다란 새들이 부리를 맞대고 있는 장면. 마주 보고 있는 여자애와 남자애의 모습이었다. 나는 완성되지 않은 그림을 몇 번이나 그렸다가 지웠다. 어느 결에 다투는 소리가 누그러지고 느린 템포의 음악이 흘러나왔다. 음악은 30분쯤 계속됐다. 아니, 더 긴 시간이 흘렀을까.

밖으로 나온 소희의 눈자위가 붉었다. 나와 눈이 마주치자 소희가 어설픈 미소를 지었다. 눈으로는 아무것도 묻지 마, 라고 말했다. 우리는 아무 말도 하지 않은 채 왔던 길을 되짚어 버스 정류장에 당도했다. 커다란 가방을 든 여자와 지팡이를 짚은 노인이 정류장을 서성거리고 있었다.

우리가 타고 왔던 번호판을 단 버스가 시동을 걸었지만 소희는 움직이지 않았다. 나는 소희가 그곳을 떠나고 싶지 않거나 차마 떠날 수 없는 거라고 짐작했다. 그렇게 몇 대의 버스를 보내고 나자 정류장이 텅 비었다. 소희의 볼이 얼어 발갰다. 나도 이가 딱딱 부딪혔다. 10분쯤 지나 다시 버스가 시동을 걸었을 때, 소희는 타자는 말도 없이 버스에 올랐다. 나는 소희를 따라 허겁지겁 버스를 탔다.

줄곧 창밖만 내다보고 있던 소희가 고개를 돌렸다.

"내가 거기서 뭘 했는지 궁금하지 않아?"

굳이 소희에게 듣지 않아도, 벌써부터 머릿속으로 상상하며 그림을 그리고 지우고 하지 않았던가. 소희를 깊이 들여다보기보다 빈칸으로 남겨두고 싶었다. 나는 차창 밖으로 스쳐 가는 들판을 바라보면서 고개를 저었다. 아주 느리게 한 번, 빠르게 한 번. 소희가 뭘 했든, 무슨 말을 하든 상관없었다. 내가 옆에 있다는 것이 소희에게 위안이 되기만을 바랐다. 얼마쯤 지나 소희가 내 어깨에 머리를 기댄 채 잠들었다. 왠지 내 어깨 위에 새의 발자국이 찍히는 느낌이었다. 또, 그것이 영원히 지워지지 않을 것만 같았다.

오는 도중에 늘었다가 줄었다가 하던 승객이 소희와 나를 포함

해서 네 명만 남았다. 나는 어느 순간부터 창밖에만 시선을 고정시켰다. 아픈 엄마와 함께 할머니 댁에 갔을 때가 생각났다.

들판을 지나 산을 넘고 다시 언덕을 내려가면 할머니 댁이 있었다. 정류장에 나와 있던 할머니는 우리를 보자마자 끌어안고 눈물을 훔쳤다. 그렇지만 엄마가 돌아가신 뒤에는 한 번도 할머니 댁에 가지 못했다. 엄마와 둘이 갔던 그 길을 혼자서는 차마 갈 수가 없었다. 고등학교에 올라와서야 할머니 댁에 혼자 갈 용기가 생겼는데, 할머니는 여름방학까지 기다려주지도 않고 엄마 곁으로 떠나버렸다.

어느새 잠에서 깨어난 소희도 창밖을 내다보고 있었다.

"소꿉친구처럼 지낸 오빠였는데, 오빠가 고등학교 1학년 때 교통사고를 당했어. 중앙선을 넘어온 트럭이 차를 들이받고는 뺑소니를…… 우리 아빠가 운전하던 차였는데……"

소희 아버지와 오빠네 가족은 모두 죽고 그 오빠만 살아남았다고 했다. 소희의 목소리에 습기가 배어 있었다. 소희는 말을 중단하고 깊은 숨을 내쉬었다.

"그 오빠가 맨 처음 내 몸을 만졌을 때 말이야, 외로움이 어떤 건지 알 거 같았어. 그래서 뿌리치지 못했어. 차마 뿌리칠 수가 없어서……"

그 오빠는 친척 집을 전전하다가 번번이 버티지 못하고 나왔다. 그 뒤로 줄곧 그곳에서 지내왔다. 소희는 한 달에 한 번씩 그 오빠를 만나러 갔다. 먹을 것과 옷, 담요, 책이나 CD 같은 걸 가져다

주고 함께 이야기를 나누었다. 그 오빠와 함께 있으면 다른 세상에 가 있는 것 같다고 했다. 쓸쓸하면서도 황홀한, 그것은 어디에서도 느낄 수 없는 행복감이라고.

나는 그저 가슴이 먹먹할 뿐이었다.

"이제 다신 거기에 가지 않을 거야."

"왜?"

"그만 오래. 다시 찾아오면 멀리 가버리겠대."

덜컹거리던 버스가 한쪽으로 심하게 기울더니 급브레이크를 밟았다. 차창 밖의 풍경이 일그러졌다. 나는 소희의 손을 잡았다. 잠시 멈춰 섰던 버스가 서서히 달리기 시작했다.

드디어 버스가 시내로 들어섰다. 나는 집 가까이 왔다는 데에 안도감을 느꼈다. 아주 먼 곳에 다녀온 기분이라고나 할까. 하루가 그렇게 길게 느껴진 것도 처음이었다. 빨리 내 방에 들어가서 눕고만 싶었다. 하지만 왠지 소희 곁에 있어줘야 할 것 같았다.

소희가 먼저 같이 자자고 했는지 내가 먼저 그랬는지 모르지만, 우리는 함께 잤다. 자기 전에 소주를 엄청 마셨는데, 소주가 우리를 먼 곳으로 데려다주는 기차 같은 거라는 생각이 들었다. 나는 엄마가 보고 싶다고 했고, 소희는 그 오빠가 보고 싶다고 했다. 다시 볼 수 없는 사람들에 대해 이야기하면서 왠지 소희와 나도 머지않아 그렇게 될 거라는 예감이 들었다. 그래서 꼭 오래도록 같이 있자고, 손도장까지 찍었다. 소희의 손목에서 자해의 흔적을 본 것은 그때였다. 뭐냐고 묻자 소희는 서슴없이 새라고 했다. 오빠가 다시 찾아오면 멀리 떠나버리겠다고 한 것은 처음이지만, 다시 오지 말라고 한 것은 처음이 아니었다. 그럴 때마다 소희는 팔뚝에 새를 그려 넣었다고 털어놓았다. 손가락을 대면 금방이라도 새들이 날아오를 것만 같았다.

"오빠 말이야, 다시 볼 수 없다는 생각만 해도 목이 조여들고……"

오빠를 만나지 않고는 살아갈 수 없을 것 같다고 했다. 나는 오빠를 다시 볼 수 있을 거라고, 다음에도 같이 가주겠다고 했다. 정말이냐고 묻는 소희의 눈이 반짝거렸다. 그래, 나랑 가면 괜찮을 거야.

왜 근거도 없는 말을, 지키지도 못할 약속을 했을까. 그때는 그렇게라도 소희를 위로하고 싶었는지 모른다.

그날, 옅은 잠 속에서 무슨 소리들이 이명으로 들려왔다. 랩 같기도 하고 동물의 울부짖는 소리, 혹은 새 울음 같기도 했다. 아니, 엄마가 내 곁을 떠나면서 한 말이었을까. 하영아, 엄마는 언제나 너하고 있을 거야. 그것은 말이 아니라 엄마의 마른 몸에서 뼈들이 부딪치는 소리 같았다. 다음 날 정신이 들었을 때, 소희는 보이지 않았다. 내가 있는 곳이 어디인지도 모른 채 나는 창문 틈으로 들어오는 빛줄기를 보았다. 전날의 일이 실제로 있었던 게 아니라 꿈이라는 생각마저 들었다. 나는 얼마쯤 더 누워 있었다. 소희가 돌아오지 않을 걸 알면서도 그걸 인정하고 싶지 않았다. 햇살이 머리맡을 비추었을 때, 나는 밖으로 나왔다.

그날 이후로 소희는 학교에 오지 않았고, 무수한 소문이 떠돌아다녔다. 남자와 살림을 차렸다고도 하고, 아이를 낳았다가 버리고 도망쳤다고도 했다. 소문의 중심에는 늘 김은지가 있었다. 그애의 입에 돌멩이를 쑤셔 넣는 상상을 할 뿐, 나는 아무것도 하지 못했다. 소희 소식이 궁금했지만 소희의 전화번호도 알지 못했다. 무소식이 희소식이겠지. 고등학교에 입학하고 낯선 분위기에 적응하기에 바빠 소희를 잠시 잊고 지낸 것도 사실이었다.

라일락꽃이 지고 나무마다 잎들이 짙푸르게 변화할 무렵이었다. 대학 입시에 영향력 있는 만화 대회가 코앞이어서 그림을 그리다가 귀가가 늦었다. 10시가 훌쩍 넘은 시간인데 휴대전화에 낯선 전화번호가 찍혔다. 받을까 말까 망설이다, 말았다. 한참이 지나서야 이상한 느낌이 들어서 발신 번호를 눌렀는데, 전화를 받을 수가 없다는 멘트로 이어졌다. 다시 그 번호로 전화가 온 것은 2주일쯤 뒤였다. 예감했던 대로 소희였다. 소희는 보고 싶어서 그냥 걸었다고 했지만, 나는 소희가 몹시 힘들다는 걸 알 수 있었다. 내가 보고 싶은 게 아니라 그 오빠가 보고 싶고, 그 오빠를 만나러 가고 싶어 한다는 것을 직감으로 알았다. 그럼에도 나는 소희가 그냥 걸었다는 말을 믿는 척했다. 다음에 다시 연락할게, 라는 말과 함께 전화가 끊겼다. 나는 곧 후회했다. 내가 보고 싶었을 수도 있는데. 소희에게 어떤 일이 있었고, 그걸 털어놓을 사람이 나밖에 없었는지도 모르는데. 아니, 그 오빠를 만나러 갈 때 같이 가주겠다고 먼저 말한 것은 나였는데. 나는 약속을 지키지 않았을 뿐만 아니라 비겁하기까지 했다. 다시 전화를 걸었지만 소희는 받지 않았다. 다음 날, 뭔가에 쫓기는 심정으로 철로의 끝, 천막을 찾아 갔다. 하지만 그때는 불도저가 땅을 고르고 난 뒤였다. 천막은 흔 적도 없었다.

*

정민은 어둠이 내리기를 기다리는 걸까. 어둠이 내린 거리에서 손을 잡은 채 오래도록 걷고 싶은 걸까. 내 마음은 이미 정민을 떠 나 소희에게 가 있었다. 소희가 죽었다는 소식을 듣고도 정민과 노닥거리고 있는 것이 부끄럽고, 그렇게 부끄러워하고만 있을 뿐 인 내가 미웠다. 정민에게 오늘은 그만 집으로 돌아가자고 말하고 싶었다. 그 말이 입안에서만 뱅뱅 돌았다.

"친구가 많이 아팠대. 그걸 이제야 알았어."

"친구 누구?"

나에게 친구라고 할 만한 아이가 거의 없다는 걸 정민은 알고 있었다. 우리 학교 다니는 애냐고 정민이 물었다. 나는 아니, 라고 만 대답했다. 어스름 속에서 나뭇가지들이 검은빛으로 넘실댔다. 나뭇잎들 사이에서 날개를 접은 새들의 움직임이 보이는 듯했다.

"중학교 동창인데 별명이 독수리였어. 독수리를 좋아하기도 했 고, 춤을 출 때 모습이 꼭 독수리 같았거든."

"왠지 멋있는 애일 거 같아."

"응."

소희에 대해 더 말하는 건 왠지 소희와의 약속을 어기는 거라는 생각이 들었다.

"지금이라도 문병을 가봐야 하는 거 아냐?"

그렇긴 한데, 라고 말하고는 나는 더 이상 말을 잇지 못했다. 너무 늦었어, 라는 말이 입안에서 맴돌았다. 정민이 내 손을 잡았다. 곧 손에 땀이 뱄다. 나는 문득 두려움을 느꼈다. 책임지지 못할 행동은 하지 말아야 한다는 자각이 머리를 쳤다. 그럼에도 한동안 정민의 손을 뿌리치지 못했다.

"사실은 오늘 네가 헤어지자고 할까 봐 조마조마했어."

정민도 나와 오래도록 함께 걷거나 영화를 보지 못할 거라고 예감했던 걸까. 줄곧 이별의 기미를 느끼고 조바심을 내왔을까. 나는 그 기분이 어떤 건지 알고 있었다. 엄마가 내 곁에 오래 머물지 못할 거라고 어렴풋이 짐작했으면서도 무슨 병인지 묻지 않았다. 그 말을 입 밖으로 내고 나면 그것이 사실로 다가올 것 같아 두려웠다. 소희도 그랬다고 했다. 언젠가 그 오빠를 만날 수 없는 날이 올 줄 알았고, 그날이 임박했다는 것을 알았다고. 그날이 와도 덤덤해야 한다고 수없이 다짐했다고. 그런데 막상 그날이 오니까 견딜 수가 없다고. 나도 다르지 않았다. 담담하게 엄마를 보내드려야지 했는데, 그러지 못했다. 이별은 아주 오랜 시간을 필요로 했다.

"너랑 만나면 평행선으로 뻗은 철로 위를 걷는 거 같아."

맞닿을 수 없는 철로, 라는 말은 굳이 할 필요가 없었다. 정민은

내 말을 알아들은 듯했다. 때로 어떤 말은 의미가 아니라 그저 느
낌으로 알아듣는 거니까.

정민이 사람들 사이로 사라질 때까지 나는 그 자리에 서 있었
다. 얼마쯤 지나 방향도 가늠하지 않은 채 걸음을 옮겼다. 소희와
함께 갔던 곳의 황량한 풍경이 펼쳐지고 그 속에 내가 있었다. 나
는 그 풍경 속을, 어둠이 내린 거리를 한참 더 쏘다녔다. 네가 괜
찮은 애 같아서. 소희의 목소리가 귀에 쟁그랑거렸다. 이렇게 형
편없는 나를 그렇게 말해준 소희였는데. 결정적인 순간에 나는 소
희를 외면한 셈이었다. 그런 나를 견딜 수가 없었다. 아무도 없는
곳에서 소리 내어 울고 싶었다. 그러지도 못하고, 도리어 소희를
원망했다. 아프면 아프다고 말하지, 아파 죽겠으니까 빨리 오라고
소리라도 지르지. 욕이라도 퍼붓지. 내가 비겁하게 물러서지 못하
도록 나를 붙잡지 그랬어. 아니, 무슨 일이 있어도 살아냈어야지.
어떻게든 버텨냈어야지. 그렇게 가는 건 너무 억울하잖아. 너답지
않잖아.

어느덧 두 팔을 벌린 채 춤을 추는 소희의 모습이, 철로가 맞닿
은 곳의 보랏빛 노을이, 커다란 날개를 펼친 소년과 소녀의 모습
이 나타났다가 사라졌다. 소희는 죽은 것이 아니라 새가 되어 날
아올랐으리라.

하영아, 그 애들 말이야, 그림 그려줄 거지?

오늘은 그 그림을 완성할 수 있을까. 그럴 수 있을 것 같았다.
하지만 소희가 이제 그 그림이 필요 없다고 한다면? 내가 그린 그

림 따위 보고 싶지 않다고 한다면?

　　박하영. 너, 의리 개없다. 소희가 죽었다는데, 넌 소희가
　　불쌍하지도 않냐?
　　소희, 죽지 않았어.
　　무슨 개소리야?
　　……
　　야, 무슨 개소리냐니깐?

　나는 톡방에서 나와 김은지의 전화번호에 검지를 대고 삭제 버
튼을 길게 눌렀다.

　집에 돌아오자 오래전 소희와 함께 철로를 걸었던 날처럼 먼 곳
에 다녀온 기분이었다.
　나는 서랍 깊숙이 넣어놓은 스케치북을 꺼냈다. 그동안 그려둔
그림들을 한 장 한 장 넘기며 보았다. 소희와 함께 음식을 먹고,
걷거나 혹은 버스를 타고 갔던 곳들. 소희가 춤을 추는 모습과 상
기된 소희의 얼굴, 먼 데를 좇는 시선…… 그 그림들 속에서 소희
는 여전히 살아 있었다. 그 그림들을 그리면서 소희와 함께였듯,
지금도 나는 소희와 함께 있다.
　이제 연필을 들면, 철로를 따라 하늘이 보랏빛으로 물들고, 눈
꽃을 이고 선 나무 그림자를 따라 내 손이 절로 움직일 것이다. 어

느덧 고요한 여백 속으로 새들이 날아들고, 부리를 맞댄 새들의
노래가 들려오겠지.

　소희야, 너무 늦어서 미안해. 내일은 꼭 너를 만나러 갈게.

　나는 창문을 열고 하늘을 올려다봤다. 멀리, 커다란 새 한 마리
가 날개를 활짝 펼친 채 날아올랐다.

~~~~~~

퍼니랜드

~~~~~~

한눈팔지 말고 곧장 집으로 가서 공부해라. 담임의 종례가 끝나자 아이들이 앞다투어 교실 문을 나섰다. 여느 때 같으면 학생들의 귀가를 살필 선생들이 회의실로 몰려갔다. 시험을 앞두고 우리를 더 닦달하려는 거겠지. 규호는 서둘러 교문 밖으로 나섰다. 문화의 날, 한 달에 한 번 이른 귀가가 허용되는 날이었다. 주말을 포함하면 나흘간 단기 방학이 이어질 예정이었다. 이런 경우는 흔치 않았다. 이럴 때라도 빨리 학교를 벗어나지 않으면 영영 떠나고 싶은 충동에 휘말릴 것 같았다. 이렇게 태양을 머리에 인 채 걷는 것만으로도 어느 정도는 그걸 막을 수 있었다. 문화의 날에 걸맞게 영화관이나 미술관을 찾는 아이는 없었다. 교문을 나서면 곧장 과외를 받으러 가거나 학원에 가기 바빴다.

큰길로 들어서면서 규호는 학교를 힐끗 돌아봤다. 학교의 건물은 신도시의 연구단지 개발 사업에 맞춰 세워진 학교답게 최첨단 설계로 건축되었다. 거대한 유리 벽만 없어도 그럭저럭 세련된 분위기를 연출했을 거였다. 유리 벽으로 인해 건물 안에 들어서면 감시받는 느낌이 들었다. 교정의 조경은 너무 잘돼 있어 오히려 인공적으로 보였다. 시내의 어느 학교도 이 학교의 교육과정을 따라갈 수 없었다. 학급 석차 5위 이내만 입학 자격이 주어지는 학교. 규호도 중학교 때까지는 그 안에 들었다. 엄마가 짜놓은 스케줄에 따라 움직인 결과였다. 하지만 고등학교에 입학한 뒤 계속 내리막길을 걸었다. 이제 더 이상 예전의 성적을 쳐다볼 수 없었다. 대학은 그림의 떡으로 물러났고 앞으로 뭘 해야 할지 막막했다.

도심으로 진입하자 상가 건물들이 즐비하고 인파로 북적거렸다. 규호는 허파에 바람이 들어오는 것 같고 겨드랑이가 간지러웠다.

지난 한 달은 지옥이었다. 과목별 수행평가가 몰려 고행평가 수준이었다. 조별로 영상을 제작해서 발표하는 게 대세였다. 스토리텔링과 정보 수집은 물론, 영상 제작, 전달력과 유머 요소까지 가미돼야 좋은 점수를 받았다. 문제는 조원들이 서로에게 순위를 매기는 방식이었다. 선생님도 할 수 없는 평가를 학생더러 하라니. 주관적 시선과 친밀감의 정도에서 그 누구도 자유롭지 못했다.

길 건너편에 다민이 걸어가고 있었다. 화장실에서 바꿔 입고 나왔는지 트레이닝복 차림에 털모자를 썼다. 5월이라지만 한여름 날씨를 웃도는 기온이 연일 계속되었다. 그 모자 때문에 다민은 인파 속에서도 쉬이 눈에 띄었다. 누군가가 손수 털실로 짜주었을 것 같은 느낌이 드는 모자. 그런 걸 쓰고 나오다니, '다다'다웠다. 평소에는 말이 없다가 미술 시간에 다다이즘이 어쩌고 한바탕 장광설을 펼쳐 단번에 '다다'라는 별명이 붙었다. 다다는 좋은 별명이지만 성을 붙이면 문제였다. '조다다.' 쪼다로 불리는 건 자연스러웠다. 아이들은 쪼다, 라는 단어가 다다 때문에 생겨난 거라며 낄낄댔다. 기분이 나쁠 법도 한데 정작 다다는 전혀 내색하지 않았다. 뭐든 내색하지 않으면 쪼다 취급을 당하는 게 현실이었다.

종례가 끝나면 서둘러 교실을 나서는 다다를 향해 유흥가에서 전단지를 돌린다느니, 고깃집에서 아르바이트를 한다느니, PC방에 죽치고 있다느니, 소문이 무성했다. 학교에서는 늘 있는 듯 없는 듯 조용히 이어폰을 낀 채 자리를 지키는 다다였다. 그래서 더욱 시선을 끄는 아이. 어딘지 모르게 이 학교와는 동떨어진 분위기를 가졌다. 어떻게 이 학교에 들어왔는지 의심스럽다는 말까지 오갔다. 그런데 아인슈타인의 '상대성 원리'를 영상으로 제작하는 이번 과학 수행평가에서 기량을 발휘했다. 단순한 과학이 아니라 일상 속의 혁명이 주제야. 기대해도 돼. 참신한 아이디어로 주목을 받았는데, 무엇보다 영상과 음악의 조화로운 구성에 모두 입이 벌어졌다. 마지막 장의 자막이 지나갈 때 규호는 가슴이 먹먹했다. '내가 너에게 가는 것은 오로지 내 마음일 뿐이야. 너는 나를 거부할 수도 있겠지.'

다다는 고개를 떨어뜨린 채 머리를 앞뒤로 흔들면서 걸었다. 어깨와 허리, 다리가 따로 노는데, 거기에 어떤 리듬이 있었다. 규호는 보폭을 크게 하고 걸음에 속도를 냈다. 하지만 다다와의 거리는 좀처럼 좁혀지지 않았다. 이름을 불러도 다다는 듣지 못했다. 빠른 속도로 멀어져가는 다다의 모자 위로 햇살이 쏟아졌다.

뭐 처음부터 다다를 따라갈 생각은 아니었으니까. 규호는 방향을 틀었다. 퍼니랜드에 가는 길이었다는 걸 잠시 잊고 있었음을 깨달았다. 퍼니랜드는 반대 방향에 있었다. 언젠가부터 친구들과 시시덕거리거나 어울려 다니기보다는 퍼니랜드 쪽이 편했다.

퍼니랜드 근처의 거리 공연장에서는 공연이 한창이었다. 이 거리의 단골 주자들이 꽤 있었다. 뮤지션별로 악기와 춤, 비트박스로 세분화된 연주가 관객들의 애드리브를 이끌어냈다. 신문지를 깔고 앉아 환호하는 관객들은 또 하나의 연주자였다.

저들의 폭발적인 에너지는 어디서 나오는 걸까. 규호는 공연장을 힐끗 쳐다보고 곧장 퍼니랜드로 향했다. 그때, 민제가 공연장 근처를 막 벗어나고 있는 게 눈에 띄었다. 쟤가 여긴 웬일이지? 근처 학원에 다니나? 규호는 고개를 갸우뚱했다.

민제는 키가 껑충하고 피부가 희며 이목구비의 선이 고왔다. 패션 피플로 통하는 만큼 툭 걸친 티셔츠 하나도 평범하지 않았다. 남방의 앞부분을 허리춤에 넣고 단추도 언밸런스로 잠갔는데 떨어지는 핏이 예술이었다. 네이비블루의 바지 뒷주머니에는 유명 브랜드의 자수 이니셜이 박혀 있었다. 투박한 듯 각이 살아 있는 안경, 포인트는 역시 슈퍼스타 운동화였다. 한마디로 풀 코디에 그 누구도 흉내 낼 수 없는 세련미가 흘러넘쳤다. 가방이나 지갑을 비롯해서 소지품 하나하나가 모두 명품이라나. '제국의 아들'이 민제의 별명이었다.

퍼니랜드는 만원이었다. 사격과 농구, DDR, 자동차 게임, 코인 노래방을 돌아가며 즐길 수 있었다. 규호의 관심은 오로지 인형 구출이었다. 매니저인 청년이 규호를 힐끗 쳐다봤다. 그의 팔뚝에 바이올렛색 나비 타투가 도드라졌다. 규호는 용이나 호랑이, 해골이 아니라 나비라는 게 마음에 들었다. 몸에 나비를 그려 넣으면 나비가 되는 마법 같은 게 있다면 한번 해보고 싶었다. 나비가 되어 날아다니는 상상은 그야말로 '퍼니'했다.

초등학생 대여섯 명이 떠들어대면서 여기저기 기웃거리고 있었다. 규호도 자주 보는 아이들이었다. 나비 타투가 그 애들에게 조용히 하라고 소리를 빽 질렀다. 애인과 헤어졌거나 진상 손님 때문에 짜증이 났을 수도 있겠지. 규호는 주춤주춤 걸음을 옮겼다. 그런데 그가 다가와 어깨를 툭 쳤다.

"또 왔냐? 출석률 좋네. 줄 서서 기다려."

규호는 그의 반말과 비아냥거리는 말투가 거슬렸다. 따지려고 하다가 물러섰다. 공연한 일에 시간과 에너지를 소모하고 싶지 않았다.

이렇게 줄까지 서서 하는 일이 인형 뽑기라면 누군가는 비웃겠지, 속으로 중얼거렸다. 하지만 줄을 서 있는 동안만은 그 일이 아주 값진 것처럼 여겨졌다. 인형을 뽑는 것이 아니라 구출하는 거라는 생각에 도달하면 자존감마저 살아났다.

고등학교에 올라와 처음 치른 지필평가에서 성적이 곤두박질쳤다. 다음 시험을 아무리 잘 봐도 만회하기는 불가능해 보였다. 정신이 번쩍 들면서 회의가 찾아왔다. 이렇게 3년을 지내느니 차라리 학교를 그만두고 검정고시를 칠까. 그래도 졸업은 하는 게 낫겠지. 갈등하며 거리를 배회하다가 퍼니랜드를 발견했다.

오늘은 기필코 인형을 구출해야지. 늘 하는 다짐이었다. 하지만 막상 유리 상자 앞에 서면 손이 말을 듣지 않았다. 번번이 놓치는데도 한번 동전을 넣기 시작하면 멈출 수가 없었다. 어떤 날은 한 달 용돈을 모조리 털린 적도 있었다. 그렇다고 소소한 곳에 돈을 탕진하는 재미에 빠진 것도 아니었다. 덕분에 퍼니랜드의 기계들을 거의 섭렵했다.

1층보다는 지하의 기계들이 더 난해했지만 규호는 늘 그러듯 지하로 내려갔다. 지하가 주는 아늑함 때문이었다. 홀 안의 인형들을 스캔했다. 모두 어떤 이야기의 주인공들이고 저마다의 개성을 가진 인형들이었다. 한 시대를 풍미하는 캐릭터들이라고 생각하면 녀석들에 대한 존중감마저 생겼다. 아니, 유리 상자 안의 인형들이 거대한 유리 벽으로 둘러싸인 학교 안의 아이들과 겹쳐졌다. 피부가 하얗고 뚱뚱한 짝은 '지방이,' 다다는 자유를 추구하는 갈기 없는 수사자 '라이언,' 조장은 행동보다 말이 앞서는 간족새 '척,' 키가 작아 맨 앞자리에 앉는 아이는 '부르부르 도그,' 화가 나면 물불을 못 가리는 담임은 분노 새 '레드.' 여유와 편안함을 바라면서 만들어졌는데 도리어 질투의 대상이 되고 만 '리락쿠마'는 민제, 겁 많고 소심하며 공포를 느끼면 미친 오리로 둔갑하는 오리 '튜브'가 규호였다.

오늘은 어떤 녀석을 구출할까. 규호는 눈을 크게 뜨고 인형들을 둘러봤다. 너무 크거나 작은 것은 피하는 게 좋았다. 최신형이 아니면서 적당한 크기의 녀석이라면 단연 '초파'였다. 만화『원피스』에 나오는 인물로 언제 봐도 매력적인 캐릭터였다. 하지만 초파 앞은 초등학생들이 벌써 차지하고 있었다.

"아싸, 걸렸다."

"와! 대박!"

"야, 조용, 조용히 해."

마스크를 쓴 아이가 토네이도 킥을 선보이며 소리치자 나머지는 숨을 죽였다. 아슬아슬하게 고비를 넘길 때마다 규호는 가슴이 철렁했다. 드디어 구출 성공! 환호가 쏟아졌다. 규호는 그들만의 고유한 생기가 부러웠다. 마스크가 옆의 덩치 큰 아이에게 초파를 넘겼다. 둘 사이에 돈이 오갔다. 벌써 돈맛을 알다니, 규호는 씁쓸했다. 아이들이 옆자리로 몰려가자 얼른 초파 앞으로 다가갔다.

초파의 파란색 코가 오늘따라 더 귀엽게 보였다. 규호는 여느 때보다 신중하게 초파들과 눈을 맞추었다.

"저기요, 안 할 거면 자리 좀 비켜주실래요?"

허리를 끌어안은 커플 중 여자가 짜증 섞인 목소리로 말했다.

내가 너무 오래 자리를 차지하고 있었나? 돈이 없어 보이나? 규호는 머쓱해서 얼른 뒤로 물러났다.

1년 전까지만 해도 인형 구출을 취미로 삼을 거라고는 상상조차 못 했다. 처음에는 퍼니랜드에 들어오지 못하고 밖에서 기웃거리기만 하다가 돌아서곤 했다. 요즘은 하루가 멀다 하고 드나들었다. 이걸 안 했으면 뭘 했을까. 십중팔구 게임을 했을 거라는 생각이 들었다.

'라이언은 친구들을 잘 챙겨요' 멘트가 흘러나왔다.

"어? 어? 어어어어?"

"야, 왜 다릴 잡아? 몸통을 잡아야지."

"아니야. 어깨를 잡아봐."

"그래, 거기! 야, 안 되면 머리를 눌러! 빨리! 빨리 누르라니까."

여자애들의 열렬한 응원에도 결과는 신통치 않았다. 뭐야, 이 기계 조작 아냐? 아직도 몰랐냐? 툴툴대며 자리를 떴다. 규호는 얼른 그 앞으로 다가갔다.

미주크레인은 입구의 높이에 비해 인형 수가 적었다. 기계의 힘도 중요하지만 탑을 쌓는 기술이 더 중요했다. '라이언'의 누운 모양으로 보아 탑을 쌓을 각이 나오지 않았다. 무모한 도전은 금물이었다. 하지만 한번 꽂히면 유혹을 떨칠 수 없었다. 자유를 위해 왕위도 버린 자식이 기껏 유리 상자 안이라니. 구출 욕구가 강해지는 지점이었다. 정신을 집중해서 크레인을 들어 올렸다. 일단 녀석을 발판 위로 올린 뒤 몸통을 잡아 180도 회전! 머릿속으로는 열두 번도 더 구출했다. 그런데 기술을 써보기도 전에 녀석이 툭 떨어졌다. 디테일을 익힌 셈이니까 이 정도로 만족해야지. 규호는 스스로를 위로하며 다시 옆자리로 이동했다.

20대 노랑머리가 '스티치'를 겨냥해 굴려 뽑기에 도전 중이었다. 바퀴벌레를 모티프로 만든 실험용 외계 생명체. 귀여운 것으로는 둘째가라면 서러울 녀석이었다. 발판 위로 올린 녀석의 몸통을 쳐서 출구로 굴리는 비기. 규호도 몇 번 시도한 적이 있었다. 경험으로 볼 때 도라에몽처럼 몸통보다 머리가 큰 인형이나 앵그리버드처럼 둥근 인형이 유리했다. 역시 예상대로 크레인이 올라가 튕기는 반동에서 맥없이 떨어지고 말았다. 규호는 그가 자리를 뜨기만을 기다렸다. 그런데 이게 웬걸, 그는 아는 기술을 다 써볼 작정인 듯했다. 실패를 거듭하면서도 자리에서 꿈쩍하지 않았다.

여기에만 오면 시간이 멈춘 것 같았다. 아니, 시간이 너무 빨리 흘러서 시간이 사라져버린 느낌이었다. '누군가에게는 같은 시간이 누군가에게는 같지 않다'라는 상대성 원리가 작용하는지도 몰랐다. 아무것도 생각할 수 없고 생각나지도 않았다. 일종의 사고 정지 상태, 넋이 빠져버렸다.

규호는 빈자리가 있는지 주변을 살폈다. 건너편의 한곳에 눈길이 닿았다. 뒷모습이 낯익다 했는데, 민제였다. 다른 아이라면 몰라도 민제를 퍼니랜드에서 보게 될 줄은 몰랐다. 게다가 민제는 몰입의 경지에 빠져 있었다. 학교에서의 집중력과는 또 다른 차원이었다.

민제는 수석으로 입학해서 줄곧 그 성적을 유지했다. 또 누구도 쉽게 근접할 수 없는 카리스마가 있었다. 빅데이터 분석가가 꿈인 아이답게 분석적으로 사고하고 말 또한 논리적이었다.

이번 과학 수행평가에서 공교롭게도 다다와 민제, 규호는 같은 조에 속했다. 기획회의에서 조장이 각자 뭘 할 건지 말해보라고 했다. 난 영상 편집. 다다가 의외로 적극적으로 나왔다. 규호는 자의 반 타의 반으로 매번 들러리였다. 성적은 이미 하위권으로 밀려났고, 내세울 것도 잘하는 것도 없었다. 민제는 끝까지 침묵을 지키다가 그럼 난 발표나 하지 뭐, 라고 했다. 조원 모두가 일주일 동안 방과 후에 남아서 준비를 하는데 민제는 한 번도 남지 않았다. 그런 식으로 민제는 발표나 하지 뭐, 라고 한 자기 말에 대한 책임을 졌다. 드디어 발표 날이었다. 민제는 조원들이 준비한 자료를 받아 들고도 미안해하는 기색이 없었다. 오히려 겨우 이 정도야? 하는 표정이었다. 뻔뻔한 자식! 규호가 참다못해 넌 한 게 뭐냐? 하고 내뱉었다. 한순간에 분위기가 싸해졌다. 이참에 한판 붙어보라고 은근히 부추기는 부류도 있었다. 네가 잘났으면 얼마나 잘났냐? 규호의 말에 끝내 대꾸하지 않음으로써 민제는 스스로 자존심을 지켰다. 상대적으로 규호는 '지질이'가 되어버린 기분이었다. 더 기막힌 것은 준비한 자료를 한순간에 업그레이드하는 민제의 말주변이었다. 그게 어디 말주변일 뿐이겠는가. 누구보다 과학적 원리를 잘 파악하고 설명도 잘했다. 자료의 군더더기는 쳐내고 핵심만 잡아 풀어내는데 유머는 물론이고, 심지어 적절한 울림과 안정적인 톤을 유지하는 목소리까지 받쳐주었다. 그거야말로 실력이라는 걸 아무도 부인하지 못했다. 물론, 하루아침에 쌓은 실력도 아니었다. 그것이 민제를 2위로 매길 수 없는 이유였다. 역시 민제네, 라는 반응에 민제는 표정 하나 바뀌지 않았다. 다다를 2위로 매기면서 규호는 약간 켕겼다. 처음에는 다다를 1위로 매겼다가 마지막 순간에 순위를 바꾸었다. 순위 따위에 연연하지 않으며, 설령 꼴찌를 줘도 뒤탈이 없는 아이. 그런 아이가 있다는 건 조원들에게 행운이었다. 특히 민제에게는.

다다와 민제는 같은 중학교 출신으로 한때는 둘도 없는 친구였다고 했다. 고등학교에 진학한 뒤로도 한동안 붙어 다녔는데 언젠가부터 소원해졌다. 2학년에 올라와 같은 반이 되었는데 서로 데면데면했다. 한번 멀어지고 나면 회복이 불가능한 것이 친구 사이라는 걸 보여주듯이. 갈 길이 다르면 아무리 친한 친구라 해도 그 관계를 유지할 수 없다는 걸 증명해 보이는 것처럼.

규호는 의식하지 않으려고 해도 자꾸 민제에게 눈길이 갔다. 결국 민제와 눈이 마주쳤다. 민제가 원숭이 쳐다보듯 하네, 하는 표정을 지었다. 뭐, 네가 아니라도 여기는 온통 동물이야. 코코몽만 해도 원숭이지. 규호는 속으로 중얼거렸다. 누가 먼저인지 모르게 각기 돌아섰다. 그 길로 규호는 퍼니랜드를 나섰다.

단기 방학이 끝나고 다시 등교를 했다. 아침부터 교실 분위기가 술렁거렸는데, 수행평가 점수 때문이었다. 단기 방학 전날 선생들의 회의는 학부모 민원 건이라고 했다. 민제에게 꼴찌를 준 아이가 있었던 것으로 알려졌다. 준비 과정에 참여하지 않았으니까 한 명쯤 꼴찌를 줬다고 해도 문제될 건 없었다. 오히려 당연한 결과라고 할 수 있었다. 그런데 민제의 부모님이 득달같이 달려왔다. 결국 꼴찌를 준 아이가 사과했고, 평가를 주도한 선생은 경위서를 썼다. 점수는 정정했지만 그 애가 남긴 말이 압권이었다. '밧줄이 계속 내려오면 결국 구덩이에 빠지게 돼 있지.' 소문은 일파만파 번졌다. 그 말을 남긴 아이가 누구인지는 따져볼 필요도 없었다. 다다의 자리가 비어 있었다. 다다가 결석한 이유에 대해서는 아무도 언급하지 않았다. 관심조차 없어 보였다. 지필평가가 시작되는 시점이었다. 시험 외에는 그 어떤 것도 중요하지 않았다. 넘을 수 없는 벽이 학교 안에 존재했다. 시험 기간 내내 다다의 자리는 비어 있었다.

드디어 시험이 끝나고, 무려 세 시간이나 창의적 재량 활동이라는 명목의 채점과 깜지 쓰기가 이어졌다. 규호는 채점에는 관심도 없고 깜지는 청소로 대신하고 싶어 휴대전화를 들여다보며 종례를 기다렸다. 청소 시간이 되자 담임이 다다의 책상을 복도로 빼라고 했다. 다다가 학교를 그만두었으며, 개인적인 이유라고 일축했다. 그 뒤로 규호는 아무것도 손에 잡히지 않았다. 퍼니랜드에 가려고 했던 마음도 심드렁해졌다. 발걸음이 절로 집으로 향했다.

집은 늘 텅 비어 있었다. 공무원인 엄마가 이곳 신도시로 발령

난 뒤 이사를 왔다. 그리고 아빠가 떠났다. 아니, 아빠가 떠난 뒤에 이사를 왔는지도 모른다. 엄마의 귀가가 늦어지고 집은 넓어져서 그만큼 더 휑했다. 무엇보다 엄마의 잔소리가 없어졌다. 규호는 더 이상 공부에 연연하지 않아도 되었다. 시간은 늘 남아돌고 침대에서 뒹구는 시간이 늘어났다. 눈만 감으면 찾아오는 밤은 늘 오래 머물렀다. 밤을 지나 다시 밤에 존재하는 인간이 바로 자신이라는 생각마저 들었다.

편의점 앞에서 규호는 멈춰 섰다. 인형 구출 기계 앞이 비어 있었다. 퍼니랜드에 비하면 인형들의 매력이 적었다. 하지만 '뼁뼁이'가 멈춘 곳의 점수를 합해 일정 점수에 도달하면 인형을 준다는 데 솔깃했다. 퍼니랜드에서 익힌 기술이면 서너 개는 거뜬하게 구출할 수 있겠지. 게다가 곰돌이 푸 쿠션이라니. 녀석을 베고 누우면 잠이 잘 올 것 같았다. 문득 초등학교 3학년 때 같은 반이었던 여자애의 목소리가 떠올랐다.

애는 걱정인형이야. 걱정이 있을 때 얘한테 말하고 얘를 베개 밑에 넣고 자면 걱정이 사라진대. '과테말라 인디언'으로부터 전해 오는 인형이었다. 우리 집에 갈래? 그 애의 말을 들었을 때 규호는 가슴이 뛰었다.

그 애 집은 규모가 어마어마하고 그 애의 방에는 인형이 넘쳐났다. 미미, 쥬쥬, 바비, 시드니, 리카, 제니, 그리고 이상한 이름의 구체관절 인형들…… 한마디로 인형들의 집이었다. 그 애 엄마와 그 애마저도 표정 없는 인형 같았다. 만지면 안 돼. 그 말 때문에 규호는 오히려 인형을 만지지 못해 안달했다.

그 기억의 편린들이 가슴을 헤집었다. 규호는 푸를 구출하고 싶은 마음이 사라졌다. 곧장 집으로 향했다.

깜박 잠이 들었다가 깨었는데 방 안이 어두컴컴했다. 눈알 없는 인형이 사방에서 규호를 쏘아봤다. 불안은 늘 그렇게 찾아와 곧 규호를 함락했다. 어두운 우리 안에 갇힌 짐승으로 전락하지 않으려면 밖으로 나가야만 했다. 규호는 허둥지둥 집을 나섰다.

어둠 속에서 피어난 불빛들이 안개 속으로 번졌다. 규호는 멍하니 서 있다가 신호등을 두 번이나 놓쳤다. 횡단보도를 건너고도 한참 그 자리를 맴돌았다. 방향 없이 걸었는데 어느덧 거리 공연장이었다.

비보이들의 공연이 한창이었다. 오늘따라 유난히 관중석의 반응이 뜨거웠다. 공연이 끝났는데도 관객들의 환호가 그치지 않았다. 규호는 무대 쪽으로 시선을 돌렸다. 순간, 낯익은 모자가 눈에 들어왔다. 톡톡 튀는 옷차림이 오히려 자연스러운 거리이고, 어둠이 내렸는데도 다다의 털모자는 눈에 띄었다. 색색으로 물들인 머리에 찢어진 바지를 입은 아이들이 다다를 에워싸고 있었다. 멀리서도 그들의 티셔츠가 땀으로 흠뻑 젖어 있는 게 보였다.

'사람마다 보는 시각, 관점이 다를 수 있다. 그러니 누가 뭐라고 해도 스스로 부끄럽지 않은 삶을 만들어야 한다.' 다다가 만든 영상 속의 자막이 머릿속을 스쳐 갔다. 규호 넌 다른 애들하고 다른 거 같아. 내가? 누구든 존중해주는 거. 다다가 그런 말을 했을 때 머쓱했다. 모두 나를 쪼다라고 부를 때 넌 그러지 않았잖아. 넌 쪼다가 아니니까. 규호는 속으로 말했다. 그 말을 듣기라도 한 듯 다다가 씨익 웃으며 말했다. 근데 나, 쪼다 맞아. 모두 말리는 걸 하고 싶거든.

그게 춤이었다니, 규호는 가슴에 물큰한 것이 괴어오는 걸 느꼈다. 신호등만 놓치지 않았더라도 다다의 춤을 봤을 텐데. 다다에게 달려가다가 문득 멈춰 섰다. 다다는 전보다 훨씬 행복해 보였다. 상대적으로 자신이 더 초라해진 느낌이었다. 머뭇거리는 사이에 다다는 벌써 멤버들과 함께 공연장을 떠나고 없었다.

규호는 퍼니랜드를 향해 갔다. 저만치 민제의 모습이 보였다. 쟤가 여길 왜 또 온 거지? 학원에 가는 중인가? 아니면, 그새 퍼니랜드에 재미가 들렸나? 그런데 민제의 가방에 인형이 달려 있지 않았다. 순간, 섬광처럼 스치는 게 있었다. 다다. 민제가 다다의 춤을 봤을 거라는 느낌이 들었다. 다다가 춤을 춘다는 걸 벌써부터 알았고, 그래서 이 주변을 맴돌았던 거라는. 그것은 확신에 가까웠다.

퍼니랜드 안은 빠른 템포의 기계음으로 들썩거렸다. 규호도 덩달아 빠른 걸음으로 계단을 내려갔다. 인형을 고르는 일은 언제나 긴장되고, 또 그만큼 망설여졌다. 스릴이 없다면 인형을 구출하지 않겠지. 구출하는 것보다 돈을 덜 들이고도 인형은 충분히 살 수 있었다. 몽글몽글한 코의 주인공 '무민'과는 눈인사만 나누고 문 쪽으로 이동했다. '리락쿠마!' 민제를 닮은 녀석이었다.

와이드와이드 클리퍼는 특유의 스릴이 있었다. 동전을 넣자 행운을 잡으세요, 멘트가 흘러나왔다. 녀석은 귀와 어깨를 집중 공략하는 게 유리했다. 무게중심을 감안해서 타이트하게 잡기. 집게가 녀석을 들어 올리면 반은 성공이었다. 구출하지 못한다고 해도 문제 될 건 없지. 그런데 이게 웬일인가. 녀석이 덜컥 걸려 순순히 달려 올라왔다. 규호는 뜻밖의 행운에 으쓱했다. 오래전부터 인형 구출을 잘해왔다는 생각마저 들었다. 우쭐한 순간, 녀석을 놓치고 말았다. 맥이 빠지고 기분이 급하게 가라앉았다. 규호는 다른 기계를 향해 재빨리 움직였다. 무력감이 덮치는 것을 막기 위한 선택이었다. 여기서 나가면 갈 데가 없었다. 이대로 세상에서 사라진다고 해도 아무도 알지 못할 거라는 생각에 이르자 온몸의 힘이 빠졌다.

순간, 꼴불견 커플이 눈에 들어왔다. '라바'를 향해 남자가 고수의 기술인 탑 쌓기와 풍차 돌리기를 어설프게 흉내 내고 있었다. 스스로 잘한다고 착각하거나 여자 친구를 의식하거나 둘 중 하나겠지. 하지만 그는 고수가 되기에는 한참 멀어 보였다.

"뭐야? 꽝이잖아."

"꽝인 날도 있는 거지. 어떻게 만날 건지냐?"

저들의 마음에 평화를! 규호는 돌아서서 새로운 아이템들을 스캔했다. 카카오 프렌즈 멤버인 네오와 무지&콘, 제이지, 튜브, 프로도. 그리고 몰랑이와 구데타마, 우사기…… 쉽게 구출할 수 있는 인형은 어디에도 없었다. 무한한 연마와 집중력, 동전 투자만이 해답이었다.

규호는 방금 눈 속에서 튀어나온 것처럼 하얀 '지방이'와 눈을 맞추었다. 버튼을 누른 뒤 집게의 이동과 하강, 상승에 집중했다. 완벽한 구출 각이었다. 머리의 기울기를 가늠해서 녀석을 공략했다. 입구까지 끌어당기는 과정까지는 무리가 없었다. 드디어 구출하는구나 하는 순간, 녀석이 팽글 돌며 입구 근처에 떨어졌다. 규호는 마치 자기가 공중 돌기를 하다가 떨어진 것처럼 맥이 빠졌다. 이제 주머니도 헐렁했다. 어차피 이것 말고 다른 걸 하지는 않았을 테니까 후회는 없었다.

나비 타투가 규호에게로 다가왔다.

"야, 인형을 뽑으려고 왔으면 뽑아야지. 돈 자랑하는 것도 아니고."

남의 일에 웬 참견이람.

"너 일부러 안 뽑는 거지? 좀 전에 충분히 뽑을 수 있었잖아, 새꺄!"

그 말이 머릿속의 뭔가를 툭 건드리고는 가슴으로 파고들었다. 이건 뭐지? 규호는 자기 안의 익숙한, 어떤 감정을 털어내지 못하고 점점 빠져들었다. 동전 떨어졌냐? 내가 댈 테니까 뽑아봐라. 타투가 자꾸 말을 걸었다. 규호가 들은 척도 하지 않자 약이 오른 모양이었다. 남들은 기를 쓰고 뽑으려고 해도 못 뽑는데 넌 뭐냐. 잘

난 척이나 하려면 오지 말라고 쏘아댔다. 그에게서 벗어나기 위해 규호는 돌아섰다. 대각선 방향에 민제가 보였다.

규호가 그저 재미로 인형 구출을 즐기는 '라이트 유저'라면, 민제는 인형 구출의 고수임에 분명했다. 민제의 가방에 인형들이 주렁주렁 매달려 있었다. 규호는 그것이 어떤 상징이나 메달보다 근사해 보였다. 민제에게서 눈을 떼지 못했다. 이러다가 눈이 마주치면 저번처럼 심리전을 벌이겠지. 계단 쪽으로 향하는 순간, 느낌이 이상했다. 반사적으로 몸을 돌렸다.

민제가 기계에서 손을 떼고 그 자리에 주저앉았다. 민제의 어깨가 들썩거렸다. 규호는 자신의 눈을 의심했다. 민제의 어깨가 들썩이는 강도가 점점 세어졌다. 규호가 한 발을 떼는 순간, 민제의 등이 말했다.

못 본 척하고 꺼져! 꺼지란 말이야.

언젠가 늦잠을 자서 지각에 임박해 등교했을 때였다. 교문을 향해 냅다 달리고 있는데 바로 앞에서 승용차 한 대가 멈춰 섰다. 교복을 입은 아이와 중년 남자가 차에서 내렸다. 남자가 교복의 뺨을 사정없이 쳤다. 지나치려고 하는 순간, 교복과 눈이 마주쳤다. 민제였다. 꺼져, 제발! 꺼지란 말이야, 라고 말하는 눈빛이었다.

지금이라도 사라져주는 게 옳을까. 차라리 보지 않았더라면 좋았을걸. 결론은 못 본 척하는 거였다. 규호는 그 길로 퍼니랜드를 나왔다.

하늘은 더 검어졌는데 거리는 불빛들로 인해 한층 밝아졌다. 흘러나오는 음악마다 리듬이 가볍고 부드러웠다. 봄밤이란 이토록 우아하고 경쾌해야 한다고 말해주듯이. 휴대전화를 귀에 댄 채 깔깔대고, 플래시를 터뜨려 사진을 찍으며, 삼삼오오 짝을 지어 걸어가는 사람들…… 규호는 새삼 이 거리의 이방인이 된 기분이었다. 외로움의 무게에 짓눌려 존재조차 사라져버릴 것 같았다. 순간, '만지면 안 돼' 하고 말했던 그 애의 목소리가 귀에 와 닿았다. 알았어. 왜 그렇게 대답했을까? 만지면 왜 안 되냐고 물어봤어야지.

어느 날인가, 그 애가 화장실에 갔을 때 규호는 인형을 만졌다. 손이 절로 인형에로 갔다. 심장이 빠르게 뛰고 다리가 떨렸다. 밖에서 무슨 소리가 들리는 순간, 들고 있던 인형을 놓쳤다. 인형이 바닥으로 떨어지면서 하필 목이 부러졌다. 인형을 주머니에 넣고 그 집을 빠져나와 무작정 달렸다. 그 인형이야말로 걱정덩어리였다. 인형을 어디에 숨겨야 감쪽같을지 궁리했다. 집 근처의, 인적이 뜸한 공터로 갔다. 땅에 묻으려고 주머니에서 인형을 꺼냈을 때 인형의 몸통은 보이지 않고 머리통만 남아 있었다. 눈알마저 빠져버린 인형은 흡사 괴기 영화의 소품을 연상케 했다. 그날 밤, 규호는 몸이 불덩이가 된 채 악몽을 꾸었다. 그 여자애가 목이 잘린 인형으로 둔갑해서 위협했다. 도둑놈! 왜 그랬니? 왜 그랬어? 어딘가에 갇힌 채 열리지 않는 문을 두드리다가 잠에서 깨곤 했다. 이틀이나 결석을 하고 학교에 갔을 때, 그 애와 눈을 마주치지 못했다. 할 수 있는 유일한 행동은 그 애를 피하는 것뿐이었다. 그 애가 눈앞에서 사라져주기를 바랐다. 방학만 기다렸다. 방학은 더디게 찾아왔다. 개학이 오는 것이 두려웠다. 시간을 붙들어 매고 싶었다. 개학은 성큼 다가왔다. 그 애가 보이지 않았다. 이사를 갔다고도 하고 이민을 갔다고도 했다. 그런 것은 별로 중요하지 않았다. 그 애에게 인형에 대해 털어놓지 않아도 되는 것만이 위안이었다. 시간이 지나고 그 애를 영영 볼 수 없다는 걸 알았을 때에야 비로소 자신이 얼마나 어리석었는지 깨달았다. 인형을 묻은 공터에 갔을 때는 이미 포클레인이 땅을 뒤엎은 다음이었다. 너 때문이야! 기괴하게 일그러진 인형이, 인형의 텅 빈 눈이 원망하는 소리가 들려왔다.

유리 상자 속의 인형은 구출하려고 마음만 먹으면 얼마든지 구출할 수 있었다. 의식하지 못하는 사이에 그 일이 떠오르면서 매번 손아귀의 힘이 풀렸다. 아니, 스스로 힘을 풀어버렸다.

거리 공연장에서 익숙한 음악이 흘러나왔다.

사랑한다고 했나요. 그 말이 자꾸 생각나요. 바람에 흩날리는 꽃잎들이 춤을 추어요.
우리 함께 걸어요. 그대와 둘이 걷는 길은 꿈길처럼 느껴져요……

감미로운 멜로디가 귀에 감겼다. 이 노래를 듣고 있는 한 혼자

여도 혼자가 아니라고 속삭이는 것 같았다. 규호는 민제를 떠올렸다. 아니, 퍼니랜드를 나온 후 줄곧 민제의 들썩이던 등이 머릿속에서 떠나지 않았다. 그날 등굣길에 마주쳤을 때의 눈빛이 그랬던 것처럼.

민제가 아직 거기에 있을까. 규호는 퍼니랜드를 향해 걸음을 재촉했다.

민제가 있던 자리는 비어 있었다. 집에 갔다면 다행이지. 자기 앞가림도 못 하는 주제에 잘난 자식 걱정이 다 뭐람. 순간, 뒤쪽에서 귀에 익은 목소리가 들려왔다. 이거 가져. 공짜로요? 응. 정말 공짜로 주는 거예요? 그래. 다 가져. 정말요? 정말 다 주는 거예요? 아싸!

초파를 뽑았던 초등학생 무리가 민제를 둘러싸고 있었다. 민제의 가방 안에서 인형들이 줄줄이 달려 나왔다. 와! 감탄사가 잇달았다. 그것도 잠깐, 민제에게 인형을 받아 든 아이들이 순식간에 사라졌다.

민제가 기계 앞으로 다가갔다. 이번에는 동전도 넣지 않고 버튼에 손을 올린 채 유리 상자 안을 바라만 봤다. 그런 민제를 규호도 바라보고만 있었다.

얼마나 그러고 있었을까. 민제의 어깨가 들썩이기 시작했다. 이내 머리와 등까지 흔들렸다. 민제가 점점 작아져서 곧 하나의 점으로 사라져버릴 것만 같았다. 동전을 삼킨 기계들이 연이어 빵빵 소리를 터뜨렸다. 그 소리들이 규호에게 말을 건네왔다. 뭐든 때를 놓치면 소용이 없다.

규호는 민제를 향해 걸어갔다.

내가 너에게 가는 것은 오로지 내 마음일 뿐이야. 너는 나를 거부할 수도 있겠지.

규호가 민제를 향해 손을 뻗으려는 순간, 민제가 기계에 동전을 넣고 버튼을 눌렀다. '희망을 잡으세요' 멘트가 흘러나왔다. 규호는 얼른 돌아섰다. 굳이 다가설 필요가 있을까.

소심한 오리 '튜브' 앞에서 규호는 멈춰 섰다. 그동안 많은 인형들을 구출하려고 시도했는데 튜브를 구출할 생각은 한 번도 하지 않았다. 물론, 랜덤 파워에 의존율이 높은 기계인 자이언트 캐처는 구출 확률이 낮았다. 하지만 과연 그것만이 다였을까.

녀석을 구출하고 나면 퍼니랜드에 올 이유가 없어질 것만 같아서였다. 스스로 솔직해지는 데 이렇게 오래 걸리다니. 규호는 손에 힘을 주었다.

이번에는 기필코 너를 구해주마. 더 이상 걱정인형 따위는 생각하지 말아야지. 동전을 넣고 버튼을 눌렀다. 순간, 구출할 수 있다는 자신감이 일어났다. 무엇보다 집중력이 관건이었다. 규호는 그 어떤 것도 생각하지 않고 튜브 구출에만 힘을 기울였다.

드디어 구출 성공! 규호는 전율을 느꼈다.

순간, 어깨에 닿는 손의 감촉이 느껴졌다. 그 손의 주인이 누구인지 보지 않아도 알 수 있었다.

~~~~~~~~~~~~~~~~~~~~~~~~~~~~~~~~

유자마들렌

~~~~~~~~~~~~~~~~~~~~~~~~~~~~~~~~

말라붙은 밥풀 몇 개가 전부인 밥통이야말로 우리 집의 현주소다. 동아리 때문에 며칠 늦게 귀가했다고 엄마가 냉전을 선포한 것이 일주일 전이었다. 연극부에 들어갔을 때부터 조짐은 보였으니 그 역사가 1년하고도 아홉 달째였다. 엄마는 며칠째 바쁘다, 아프다는 핑계로 아예 밥도 하지 않았다. 지금도 밥은 고사하고 어디서 술이나 홀짝거리고 있지 않으면 다행이었다. 감옥에 있는 죄수들에게도 밥은 준다는데, 이쯤 되면 엄마로서 직무 유기 아닌가? 수행평가만 해도 그랬다. 돈 주고 사서 해주는 부모들도 있는데 그깟 인터뷰 하나를 안 해주고 미루기만 했다. 엊그제는 꿈이 뭐였냐고 물었더니 나를 낳아 꽃 같은 청춘을 잃어버렸다며 말을 잘랐다. 그러면서 걸핏하면 휘파람새가 될 거라나. 새라고 하면 종횡무진 창공을 날아다니는 자유의 상징 뭐 그런 건데, 엄마는 자유와는 거리가 멀어도 한참 멀었다. 연극부 활동을 반대하는 것만 봐도 알 수 있었다. 그러거나 말거나 지금 나에게 연극부 '나르샤'는 인도와도 바꿀 수 없는 셰익스피어다.

　동아리 홍보 때 끼로 똘똘 무장한 선배들의 노래와 춤, 상황극은 그야말로 명불허전! 연극부에 들어가려고 두 번에 걸친 오디션에 패자부활전까지 거쳤다. 딱 봐도 세 보이고 담배 좀 물어봤을 것 같은 아이들이 족히 100여 명. 엄마 말대로 그런 애들과 어울리면 인생 망치는 거 아닐까, 살짝 졸은 것도 사실이었다. 하지만 역대 동아리 중 최고 인기를 누렸던 밴드, 댄스 동아리를 제치고 '나르샤'는 개교 이래 사상 초유의 경쟁률을 자랑했다. 너도나도 붙어보겠다고 난리 블루스였으나 탈락자들의 곡성과 함께 막을 내린 막장 드라마급 오디션. 나는 패자부활전에서 겨우 살아남았다. 나르샤는 뜻 그대로 날아올라 두 차례의 공연 모두 성황리에 막을 내렸다. 그것을 끝으로 공식적인 동아리는 해체되었다. 면학 분위기 저해 운운, 학교 측의 일방적인 통보 때문이었다. 거기에 굴하지 않고 우리는 비공식적으로 동아리 활동을 지속했다.

　인터뷰해야 되는데 어디 있는 거야?

　문자를 두 번이나 보냈는데도 엄마는 대답이 없었다. 요즘 들어 걸핏하면 늦게 들어오는 데다 늘 술 냄새를 풍겼다. 그새 남친이라도 생긴 걸까. 있지도 않은 아빠를 아프리카에 갔다고 바득바득 우기면서 혼자 나를 키우고 있으니 그 정도는 눈감아줄 용의도 있다. 물론, 그런 일이 생길 확률은 내가 전교 일등 할 확률보다 낮아 보였다. 물론, 내 착각일 수도 있겠지.

냉장고는 온통 멸치 세상이었다. 골다공증 고위험군인 엄마를 닮아 나도 뼈가 약했다. 생선이 싫으면 멸치라도 먹어야 한다는데, 이제 멸치라면 신물이 났다. 오죽 멸치를 많이 먹었으면 트림할 때마다 비린내가 올라올까. 언젠가 원빈이 너 배 속에 멸치 키우지? 했을 때 움찔했다. 원빈은 내 몸이 호리호리하다는 뜻으로 한 말이었는데 지레 켕긴 거였다.

채소 칸에는 말라비틀어진 유자가 수북했다. 나를 임신했을 때 많이 먹었다는 이유로 엄마는 유자에 향수를 느끼는 모양이었다. 하지만 사다가 쟁여만 놓았지 시다며 먹지는 않았다. 나는 쌉싸래한 향기의 유혹을 떨치지 못하고 한입 베어 물었다. 역시 진저리가 쳐졌다. 모전여전, 나도 신 것은 딱 질색이었다. 그런데 이건 또 뭔가. 유자님들 틈에 떡하니 누워 있는 소주병이라니. 몸 아프고 속상할 땐 술이 약이라나. 유사시를 대비해 은장도를 품고 다녔다는 조선 시대 여인들처럼 엄마는 집 안 여기저기에 술병을 숨겨두었다. 눈에 띄는 족족 치워버렸더니 이제는 등잔 밑 작전이었다.

이럴 줄 알았으면 원빈이 꼬드길 때 못 이기는 척하고 제빵 실습이나 하고 올 걸 그랬다. 담당 선생도 나를 찾았다는데. 전에 두 번 원빈을 따라가서 빵을 만들어봤는데 뭔가에 홀린 기분이었다. 오븐에서 빵이 익어가는 소리와 고소한 냄새, 오묘한 색과 달콤한 맛이 만들어내는 앙상블. 무엇보다 반죽이 부풀어 오를 때는 가슴이 몽글몽글해지는 느낌이었다. 연극할 때와는 또 다른 설렘이었다. 담당 선생의 칭찬에 이어 실습실을 기웃거리던 과학 선생 '자이구루'가 맛을 보고는 엄지를 세워 보였다.

현관문 열리는 소리가 났다. 수행평가고 뭐고 자는 척할까. 우물쭈물하다가 술 냄새를 풍기며 들어서는 엄마와 딱 마주쳤다.

"또 술 마셨어?"

"누군 뭐 술이 좋아서 마시는 줄 알아? 술기운 아님 버틸 수가 없으니까 마시지."

단번에 말문을 막아버렸다. 엄마는 3년 전부터 마트에서 일했다. 출근하면서 간이고 쓸개고 다 빼놓고 간다며 툭하면 푸념이었다.

"이제 이 일도 못 해먹겠다. 자꾸 넘어지려고 해서 등골이 오싹해."

오늘따라 왜 이렇게 엄살 모드로 나오시나. 내가 넘어지면 덜렁댄다고 나무랄 때는 언제고. 이번에도 기회를 놓치면 안 되겠다 싶어 인터뷰, 하고 들이댔다. 피곤하니까 내일 하자고 또 말을 잘랐다. 묻는 말에 대답만 해주면 되는데 그거 하나 못 해주냐고, 세게 나갔다. 기 싸움의 시작을 알리는 경고에도 엄마는 꿈쩍하지 않았다. 나도 물러설 수는 없지. 내친 김에 아빠와 첫 키스는 언제 했냐고 물었다. 그런 거 한 기억도 안 난다고 했다. 그럼 나를 어떻게 낳았냐고 하니까 내가 그냥 엄마 배 속에서 나왔다고 했다.

왜, 다리에서 주워 왔다고 하시지.

"그 선생은 왜 이런 숙제를 내주고 지랄이라니?"

"수행평가라니까. 꼬우면 엄마가 선생님 하든가."

"수행평가는 개뿔, 시험이나 잘 봐."

"수행평가 점수 깎이면 시험 잘 봐도 꽝이야."

"그렇게 점수가 중요한 애가 실업계 갔냐?"

슬슬 자이구루가 원망스러워지는 시점이었다. 1학기 때는 뜬금없이 자서전을 써 오라더니, 이번에는 부모님 전기문이었다. 돌성주제에 인간의 기원, 뿌리가 어떻고…… 구실이 좋았다. 과학책을 들고 있지 않으면 국어 선생이라고 착각할 만큼 책을 많이 읽는 그의 별명이 '자이구루'가 된 데는 이유가 있었다. '자이구루'는 '너의 스승에게 경배를!'이라는 뜻의 인도 말인데, '너 참 괜찮은 사람이야' 할 때 쓴다나. 자기가 좋아하는 시인에게 들었다며 아이들을 칭찬할 때면 자이구루, 했다. 어감이 좋고 무엇보다 그 말을 들을 때면 기분이 좋았다.

어쨌거나 자서전만 해도 쓰려고 보니 열여덟 해 삶이 너무 평범했다. 여기저기서 보고 들은 걸 짜깁기하고 상상을 보태는 수밖에. 이래 봬도 내가 상상력 하나는 타고났다.

아빠는 조련사로 내가 유치원에 다닐 때 아프리카로 파견을 나갔다. 엄마와 나도 따라가서 초원의 그림 같은 집에서 살았다. 코끼리나 얼룩말을 타고 초원을 누볐다. 돌이켜 보면 그때가 내 인생의 전성기였다. 하필 나에게 동물 털 알레르기가 생겨 엄마와 나만 일시적으로 귀국했다. 5년 전이었다. 그사이에 모험심 강한 아빠가 정글 탐험을 떠났다. 현재 아빠는 생사 불명으로 소식이 끊긴 상태다.

그렇게 끼워 넣은 부분들이 실제 겪은 것보다 더 생생해서 사실처럼 느껴졌다. 그래서 쓰는 내내 감상에 빠져 허우적거렸다. 제출하기 전에 원빈에게 슬쩍 보여주었다. 그거 네 자서전 맞냐? 왜, 너무 드라마틱해서 놀랐니? 아니, 너 소설 써도 괜찮겠다 싶어서.

원래 인생이 소설보다 더 드라마틱한 거 아닌가?

밤새 세렝게티 초원을 뛰어다녔다. 솔직히 뛰어다녔다기보다는 사자에게 쫓겨 다녔다. 종아리가 뻐근해 비명이 절로 나왔다. 일명 쥐 내림! 이게 다 자이구루 때문이었다. 그는 시도 때도 없이 아프리카 동물 이야기를 해주었다. 그때마다 나는 귀를 쫑긋 세웠다.

그들은 날마다 달리고 또 달려. 사자는 굶어 죽지 않으려고, 톰슨가젤은 잡아먹히지 않으려고 죽을힘을 다해 달리지. 톰슨가젤은 한 발짝만 앞서가면 안전하게 쉴 수 있고, 사자는 한 발짝 더 빨리 쫓아가면 배부르게 먹을 수 있지……

결론은 생과 사를 가르는 것은 단 한 발짝 차이라는 것. 진정 살아 있기를 원한다면 현재에 최선을 다해야 한다는 것. 자이구루의 이야기가 늘 그렇듯이 삼천포로 빠진 감이 없지 않지만, 들어줄 만했다. 문제는 그 뒤로 내가 초원을 달리는 꿈을 자주 꾼다는 거였다.

늦잠을 잔 탓에 아슬아슬하게 교문을 통과했다. 게다가 담임보다 한 발짝 앞서 내 자리에 안착했으니 그런대로 운이 좋았다. 그런데 교실을 한 바퀴 훑은 담임은 화통이라도 삶아 먹은 표정이었다.

"야, 교실이 쓰레기장이야? 어제 우산 안 가져 간 새끼 누구야?"

어제는 학생부장이 빼앗은 후드집업을 쓰레기 더미 취급하며 악을 쓰더니 오늘은 담임이었다. 후드집업과 우산, 망둥이와 꼴뚜기의 상관관계는 뭘까.

"우산 주인 나와. 안 나와?"

아이들이 서로 눈길을 주고받으며 웅성거렸다. 우산 주인은 나오지 않았다. 160, 170, 180…… 담임의 혈압이 위험 수위에 근접했다. 거품 물고 쓰러지는 건 노 땡큐인데. 그러고 보니 기범의 우산이었다. 기범의 옆구리를 찌르며 눈치를 주었다. 기범이 고개를 저었다.

"잘 봐, 네 거잖아. 그때 PC방에서 바뀐 거."

귀 밝은 담임이 그새 듣고 기범이를, 엄밀히 말하면 기범이 새꺄, 를 불렀다. 포탄급 기염에 기범은 그제야 우산의 정체를 알아챈 듯했다. 뒤통수를 긁으면서 교탁 앞으로 나갔다.

"이 새끼가 어디다 정신줄을 빼놓고 다니는 거야?"

담임이 우산으로 기범의 등짝을 내리치는 순간, 내 입에서 신음이 터져 나왔다. 옆에 있는 아이가 울면 따라 운다는 거울 뉴런. 우산이 기범의 몸에 꽂힐 때마다 나도 통증을 느꼈다. 기범이 헉, 소리를 내며 나동그라졌다. 담임이 식식거리며 나가자 아이들이 기범을 에워쌌다.

"전치 2주는 나올 것 같은데, 이거 가만있으면 안 되는 거 아냐?"

"이럴 줄 알고 내가 사진 찍어놨지. 인터넷에 올릴까? 교육청에 확 찔러버릴까?"

기범과 원빈이 의기투합하는 가운데 세영이 찬물을 끼얹었다. 그래 봤자 금방 알아낼 것이고, 징계나 받을 게 뻔하다고.

"야, 이세영. 너 나르샤 맞아? 이 문제를 그냥 넘어가자는 거야?"

"누가 그냥 넘어가재? 다른 방법을 찾아보자는 거지. 예를 들면 수업 째기 같은 거."

"대박! 너, 해마 파업 중인 줄 알았더니 언제 재가동했냐?"

"이 정도는 돼야 나르샤지. 안 그래?"

원빈이 아이들을 불러 모았다. 각 반에서 한 목소리 한다는 아이들이 주도해서 불을 끄고, 교실 문을 잠그는 것까지 일사불란하게 움직였다.

"엎드려. 일어나면 절대 안 된다."

수업 종이 울리고 복도와 교실에 정적이 흘렀다. 이윽고 컴퓨터 선생이 교실 문을 두드렸다. 아이들이 꿈쩍도 않자 이어 선생 몇이 부산스럽게 복도를 오갔다. 자이구루만 창문에 대고 브이를 그려 보였다. '인생이란 폭풍우가 지나가기를 기다리는 것이 아니라 빗속에서 춤을 추는 것이다.' 누군가의 말을 옮겨 적었을 때의 표정이었다.

10분이 지나도록 복도는 고요에 휩싸였다. 아이들이 하나둘 고개를 들었다. 어느새 컴퓨터 선생이 보고 당장 컴퓨터실로 오지 않으면 수행평가 빵점이라고 엄포를 놓고 사라졌다. 원빈이 주먹감자를 날리며 투덜댔다.

"인문계도 아니고, 그깟 수행평가로 협박하시겠다?"

"우리가 뭘 해도 학교는 달라지지 않아."

반장의 목소리가 미세하게 떨렸다.

"소용없으니 꿈도 꾸지 말라. 그게 문제라는 거 모르냐?"

원빈이 되받아쳤다. 만년 행인1인데 이럴 때는 주인공이었다.

"우리를 물로 본 거야. 부모들 입김 센 인문계였으면 그랬겠냐?"

"물은 무슨, 졸로 본 거라니까. 그냥 지나가면 절대 안 돼."

"어라, 이세영! 제법인데?"

"이참에 교문 지도랑 야자, 싹 다 없애야지."

"그렇지, 물 들어왔을 때 노도 저어야 하는 법."

"갈 사람 가고 말 사람 말면 될 거 아냐. 왜 이래라 저래라야? 그것도 폭력이라는 거 몰라?"

반장이 한마디 하자 주춤거리던 아이들이 하나둘 일어섰다. 결국 연극부인 원빈과 기범, 세영과 나만 남았다.

"근데 타이밍이 좀 안 좋지 않냐? 안 그래도 진규랑 연주 키스 사건 때문에 나르샤 이미지 급추락했잖아."

"이미지? 언제 우리가 그깟 이미지에 죽고 살았냐?"

왈가왈부하는 사이에 기어이 학생부장까지 출동했다.

드디어 올 것이 왔구나.

"나르샤 이것들, 순 양아치인 줄 알았더니, 이제 보니까 빨갱이 새끼들이잖아. 그 선생에 그 새끼들 아니랄까 봐."

헐! 이제는 빨갱이 취급까지. 게다가 애먼 자이구루까지 끌어들이다니. 가만, 이 일로 또 자이구루에게 불똥 튀면 안 되는데. 얼마 전 자이구루와 학생부장이 진규와 연주의 키스 사건으로 급식실에서 멱살잡이를 했다. 뒷배 든든한 학생부장에게 자이구루가 일방적으로 당했다고 하는 게 맞았다. 그런데 자이구루의 말이 압권이었다. 키스 없이 세상에 나온 사람은 없는데 사회봉사는 좀 너무한 거 아닙니까? 학생부장의 염장을 지른 그 말은 그날 이후 언중의 무한 사랑을 받았다.

순간의 선택이 연극부의 운명을 좌우한다. 아니, 자이구루의 운명을 좌우한다. 내가 빠지면 적어도 연극부라고는 못 하겠지. 눈 딱 감고 배신자 소리 한번 듣고 말자.

"야, 이지수! 너 어디 가?"

원빈이 부르는데도 나는 잽싸게 내뺐다.

수업이 시작되자 아이들은 조금 전 일은 자신의 의지와 무관한 거였다는 듯, 언제 그런 일이 있기나 했냐는 듯 깔깔거리기까지 했다. 다음 시간도, 그다음 시간도 고요와 평화가 이어졌다. 취업도 진학 못지않게 성적순이니 특성화고라고 해서 성적이라는 권

력을 피해 갈 수는 없었다. 그래도 이건 아니지.

담임 대신 종례를 하는 반장의 표정이 오묘했다.

"수업 거부한 거 때문에 자이구루랑 담임이랑 붙었는데, 자이구루가 그건 아름다운 저항이지요, 그랬다는데? 아주 점잖게. 있잖아, 특유의 그 표정."

"그러니까 자이구루의 완승?"

예기치 못한 자이구루의 승전보에 아이들이 손바닥을 마주치며 괴성을 질렀다. 원빈이 반장의 어깨를 툭 치자 반장이 자이구루, 하며 두 손을 모았다. 나는 교실 문을 나서면서 원빈과 눈을 맞추지 않으려고 애썼다.

"야, 이지수! 얘기 좀 해."

얼떨결에 눈이 마주쳤는데 원빈이 또 눈웃음이었다.

밤하늘의 무수한 별들 속에서 유난히 빛나는 별 하나가
눈에 띄었지. 그래, 난 너를 보고 첫눈에 반했어……

이번엔 노래까지? 하여간 어떻게 생겨먹은 애가 나에 관해서라면 절대 관용이었다. 휴대전화에 나를 '마눌님'이라고 저장해놓은 걸 눈감아주는 것도 그 때문이었다.

오늘 나르샤 단합 대회다! 원빈이 제안했다. 빵이야 내일도 만들 수 있지만 오늘 기분은 내일 되면 사라진다고. 솔깃했지만 얼른 돌아섰다. 발등에 불! 수행평가 마감이 내일이었다. 오늘은 기필코 소설이라도 써야만 했다.

아빠 얼굴을 본 거라고는 아빠가 어린 나를 안고 있는 사진 몇 장이 고작이었다. 아니, 생각나는 장면이 하나 있긴 했다. 여섯 살 때였나, 거실 안쪽의 계단 위에 다락방이 있었는데 화구들이 가득했다. 아빠는 캔버스 앞에서 무슨 생각에 잠겼는지 내가 다가간 것도 알지 못했다. 남방에 얼룩진 물감이 그 자체로 그림 같았다. 아빠, 그림 그려? 내가 물었을 때 아빠는 고개를 저으며 나를 꼭 안아주었다. 그게 마지막이었다. 아프리카에 갔다는데 편지 한 통 없다는 건 말이 안 됐다. 엄마는 내가 어렸을 때 몇 통 왔다고 둘러대다가도 보자고 하면 어디다 뒀는지 모른다고 잡아뗐다. 이따금 아빠가 존재했는지도 의문이었다. 간절히 그립기도 하지만 미운 마음이 앞서서 잊으려고 한 것도 사실이었다.

밤새 자판을 두드렸건만 결국 지우고 말았다.

하필 첫 시간이 과학이었다. 자이구루가 교실로 들어오더니 우리에게는 눈길도 주지 않고 창문을 향해 걸어갔다. 아이들이 눈치를 보며 교과서를 펼쳤다. 나도 수행평가 때문에 지레 켕겼다. 교탁 앞으로 돌아와 분필을 드는 그의 표정이 여느 때와 달리 진지했다.

사실, 나는 학년 초부터 그에게 특별한 감정을 가져왔다. 그가 아프리카 동물 이야기를 해줄 때부터였다. 조류가 날 수 있는 것은 날개가 있다는 것 외에도 뼈가 비어 있기 때문이라는 걸 알아

맞혔을 때 그가 자이구루, 하면서 내 머리를 쓰다듬었다. 영세를 주는 신부 같은 몸짓이었다. 그때 개코급 내 후각은 홀아비 냄새를 감추려고 뿌린 향수 냄새를 놓치지 않았다. 그 냄새를 알아내기 위해 백화점을 수차례 답사한 끝에 기어이 찾아냈다. 불가리! 아르바이트비를 가불해서 산 향수를 그의 책상 위에 갖다 놓을 기회만 엿보고 있는데 원빈이 직격탄을 쏘았다. 자이구루, 애인 있더라. 여자랑 팔짱 끼고 가는 거 봤어. 에이치오티이엘. 그게 나랑 무슨 상관이야? 근데 얼굴이 왜 사자에게 잡히기 직전의 톰슨가젤이냐? 불가리를 환불해서 원빈과 패밀리 레스토랑에 가는 것으로 그를 향한 연민에 종지부를 찍었다. 홀아비 냄새가 나에게 아빠를 불러왔다는 걸 알 리 없는 원빈은 그날 포식한 대가로 배탈이 났다. 며칠 나를 피하더니 마침내 양심선언을 했다. 네가 과학 시간만 되면 머리를 빗으니까 거짓말이 튀어나왔어.

"너희들은 꿈이 뭐냐?"

"쌤, 애 자요."

"꿈이 없는 사람이 더 많을 거다. 그게 맞다. 그런데 꿈이란 건 말이다……"

고리타분한 이야기는 사절이라고 기범이 한 방 날렸는데도 자이구루는 기어이 할 말을 다 했다. 꿈은 꾸는 것이 아니라 만들어가는 것이며 나아가 이루는 것이다, 대충 그런 이야기였다.

"쌤, 애 잔다니까요."

"깨워."

기범이 원빈의 모자를 들쳐 보였다. 원빈은 각시탈을 모자에 받쳐놓고 있었다. 과연 원빈다운 설정이었다. 아이들이 빵 터지는 시점에 자이구루도 웃음을 터뜨렸다.

"너, 그거 나한테 선물해라. 내가 그동안 나르샤에 살신성인한 거로 치면 이 정도로 되겠냐만. 작별 선물로 접수한다. 자이구루!"

작별? 아이들의 눈이 휘둥그레지자 자이구루가 낚아챈 각시탈을 쓴 채 짐짓 딴청을 피웠다.

"나는 지금 무척 설렌다. 줄곧 안개 속을 헤매다 드디어 그걸 찾았거든. 그 옛날 과학 선생이 되고 싶은 꿈이 생겼을 때처럼……"

아프리카에 갈 거라고 했다. 순간, 머리에 쥐가 났다. 많고 많은 곳 중에 왜 하필 아프리카인가.

스피커가 찌지직거리더니 곧 교감의 목소리가 흘러나왔다. 땡중 염불 수준의 잔소리가 시작된다는 신호였다.

"그동안 특성화고를 그늘지게 만들었던 하위권, 실업계 등의 부정적인 인식은 대학 입시에 특별 전형이…… 진화하고 있는 특성화고의 주인공인 여러분들이 저녁이면……"

결론은 야자를 하라는 말이었다. 그거 하기 싫어서 이 학교에 왔다는 걸 모르시나. 특성화고이니만큼 취업을 강조하는 것은 이해할 수 있었다. 고학력 청년 실업은 매스컴의 단골 메뉴였다. 하지만 특성화고 전형이 묻지 마 진학 티켓을 제공하기도 했다. 또 취업과 진학, 두 마리 토끼를 잡으려다가 한 마리도 못 잡는 수가 있는데…… 뭘 몰라도 단단히 모르시는군. 말이 좋아 소질을 계발하고 꿈과 비전을 가진 인간으로 성장하는 데가 특성화고지, 그런 건 인문계 쪽의 가능성이 훨씬 컸다. 그건 지나가는 개도 아는 사실이었다.

엄마는 수업료 면제라고 좋아할 때는 언제고 막상 원서를 쓴다니까 날라리들과 어울리면 인생 망친다며 눈물 콧물을 다 뺐다. 영락없는 '지킬 앤드 하이드' 버전. 나는 용 꼬리보다 뱀 대가리 운운하며 엄마를 설득하면서도 별생각이 없었다. 굳이 이유를 든다면 죽어라 책을 파는 건 내 체질이 아니라는 것과 인문계에서 공부 잘하는 애들 들러리 서주기는 싫다는 것 정도였다. 솔직히 이 학교의 바뀐 교복이 마음에 든 것도 사실이었다. 그걸 입고 남자 친구를 사귀는 낭만을 누리고 싶었다.

그런데 여태 뭐 하나 제대로 한 게 없었다. 이도 저도 아니면 지금쯤은 관광과에 맞는 진로라도 정해야 하는데, 그것도 아니었다. 자격증을 따려고 1학년 때부터 방학을 모조리 반납한 외국어과 아이들이나 스펙을 쌓느라 학생회에 들어간 경영과 아이들을 비웃은 게 엊그제 같건만. 시간 앞에서는 장사가 없었다. 여름방학 전까지만 해도 나와 함께 패스트푸드점에서 아르바이트를 했던 세영도 2학기에 들어서면서 바리스타 교실에 등록했다. 진규는 진로 전환의 결단을 내리고 배우 수업에 열중이었다. 자기가 필요할 때는 언제라도 불러달라던 원빈마저 '나님, 독립 만세'를 외치며 제과제빵반에 들어갔다. 빵 만드는 재미에 푹 빠져서 종례 끝나기가 바쁘게 실습실로 줄행랑쳤다. 이러다가 정말 낙동강 오리알 신세가 되는 건 아닐까. 소슬바람 불고 낙엽은 지는데 뒹굴뒹굴하다 잠들면 식은땀이나 뻘뻘 흘리는 악순환의 반복이라니.

땡중 염불 때문에 재수 옴 붙었다고 투덜거리던 아이들은 수업이 시작되자 하나같이 꿀 먹은 벙어리가 되었다. 회계와 수학의 공통점은 모두 외계어라는 것. 졸지 않는 아이들이 오히려 괴물에 가까웠다. 수학은 그렇다 치고, 경영과도 아니고 관광과가 회계까지 배워야 할 이유는 뭔가. 관광에도 경영이 있고 경영에 회계는 기본이라는 건 코에 걸어 코걸이일 뿐이었다.

"근데 오늘 자이구루 좀 이상하지 않았냐?"

"각시탈이 탐나서 개폼 잡은 거겠지."

원빈은 자이구루에게 애인 있다고 거짓말했을 때처럼 내 눈을 똑바로 쳐다보지 못했다. 이럴 때 보면 조금 귀여웠다.

휴대전화에 엄마 번호가 다섯 번이나 찍혀 있었다. 오늘은 인터뷰를 해주겠다는 건가? 그래도 기다리는 게 얼마나 속 타는 일인지 엄마도 알게 해줘야지. 엄마 번호 대신 자이구루의 번호를 눌렀다. 전화를 받을 수 없다는 멘트만 반복되었다. 곧 문자가 들어왔다. 자이구루인가 했는데 엄마였다. 딸, 밥은 먹었어?

언제부터 나한테 이렇듯 관심이 많아지셨나? 남친한테 프러포즈라도 받으셨나? 가만, 느낌이 이상했다. 사람이 갑자기 이상한 행동을 할 때는 뭔가 이유가 있다는 건데.

밥 잘 챙겨 먹고 문 꼭 잠그고 자.

드디어 외박까지? 엄마가 이래도 되는 거야? 딸이 이렇게 두 눈 시퍼렇게 뜨고 있는데.

통화 버튼을 누른 것은 내 의지가 아니라 조금 전부터 부들부들 떨리기 시작한 내 손이었다. 등이 휠 것 같은 삶의 무게가 어쩌고 하는 컬러링만 흘러나왔다.

나야말로 삶이 왜 이렇게 무거운가. 땅이 흔들리고 다리가 휘청 거렸다. 심장이 쪼그라들다 못해 터지기 일보 직전이었다. 끝까지 전화를 안 받으면 어떡하지? 갑자기 몸의 중심이 앞으로 쏠려 넘어지려는 찰나, 엄마 목소리가 튀어나왔다. 딸!

계단에서 넘어져 다리가 부러졌다고, 병원이라고 했다. 머릿속이 텅 비어 왔다.

CT 화면 속 엄마 다리뼈에 뚫린 구멍들이 블랙홀처럼 어두웠다. 그 어둠 속으로 무한정 빨려 들어가는 느낌, 한 번 빨려 들어가면 다시 헤어나지 못할 것 같은 아뜩함……

그런데 두렵지만은 않은 건 왜일까. 왠지 그곳에 내가 가보지 못한 세상이 있을 것만 같았다. 아빠가 갔다는 아프리카도 거기 어디쯤일까?

"나, 정말 죽으면 새가 될까?"

"죽어서는 날더라도 살아서는 걸어 다녀야 할 거 아냐. 깁스나

풀고 얘기해.”

“휘파람새 말이야, 어떻게 노래하는지 아니?”

“호오, 호케꼬, 케꼬.” 엄마가 대답했다. 혼자서 북도 치고 장구도 치는 형국이었다. 엄마는 전부터 그 소리를 들으면 슬픔이 싹 가셨다고 했다. 그래서 그 새처럼 노래를 하면서 살고 싶었다고. 그런데 아빠를 만나서 그 꿈을 접었다며 엄마가 나를 빤히 바라봤다.

“너, 연극부 도중에 포기하면 안 된다.”

두 귀로 분명히 들었는데 믿기지 않았다. 이런 반전 때문에 삶은 살 만한 걸까. 갑자기 엄마가 달리 보이고, 덩달아 나도 달라 보였다. 엄마가 나를 꼭 껴안아주었다. 오랜만에 엄마 품에 안기고 보니 하늘을 나는 기분이었다. 호오, 호케꼬, 케꼬!

“이제 보니 울 딸 많이 컸다. 몸매도 쌍이고. 애들이 여신이라고 안 해?”

“그러지. 멸치 여신.”

“여신은 여신이네. 성형외과 견적 하위 5프로, 그거 쉽지 않은 거다. 너, 나한테 평생 고마워해야 하는 거 알지?”

“이제 좀 살 만하신가 보네.”

엄마는 나를 보는 순간 아픈 게 싹 사라졌다며 인터뷰를 제안했다. 됐다, 라고 해도 물러설 기미를 보이지 않았다.

“너 가졌을 때 유자가 먹고 싶다고 하면 네 아빠가 칼바람을 무릅쓰고 사다가 대령하는 거야. 껍질 벗겨서 입에 넣어도 주고. 자상한 것까지는 좋았는데…… 넌 너한테만 잘해주는 남자 만나야 돼. 알았지?"

"그런 거 말고 없어?"

아빠는 손이 섬세해서 수건 하나를 개켜도 각이 달랐다. 뭐든 뚝딱 잘 만들어서 가구 회사에 다닐 때만 해도 유능한 사원으로 꼽혔다. 그런데 미술대학에 다니던 삼촌이 군대에서 사고로 죽었고, 그 사실을 받아들이지 못했다. 사인을 알아내기 위해 뛰어다니느라 회사도 접었다. 그러던 어느 날, 훌쩍 집을 떠나 오래도록 연락이 없었다. 엄마는 아빠 없는 집에서 할머니와 부대끼는 게 힘들었다. 나를 데리고 외갓집으로 갔는데 돌아갈 기회를 놓쳤고, 결국 이혼으로 이어졌다.

"그럼 아프리카는 뭐야?"

"「동물의 왕국」 팬이었거든."

"뭐? 지금 웃음이 나와?"

"그럼 울어? 가고 싶어 했으니까 갔으면 했지. 재혼한 거나 아프리카 간 거나 어차피 멀리 간 거니까 다를 것도 없지 뭐."

입에서 배신자 소리가 튀어나올 뻔했다. 아빠, 라는 이름만으로도 젖은 빨래처럼 되곤 했던 가슴이 한순간에 탈수된 것 같았다. 곧 이상할 정도의 평온이 찾아왔다. 실체 없는 희망을 제거한 본래의 상태. 이 순간을 위해 그토록 오래 아빠 소식을 기다려온 걸까.

엄마도 이제 아빠한테서 자유로워져. 호오, 호케꾜, 케꾜!

그런데 왜 이렇게 눈이 뜨거운 걸까. 어느 시인은 자유에는 피의 냄새가 섞여 있다고 했는데, 자유에는 뜨거운 것이 섞여 있는 걸까? 하긴 피도 뜨겁다. 어쨌거나 도무지 써질 것 같지 않던 부모님 전기문이 술술 써질 것 같았다. 오늘은 이런 나에게 자이구루!

"드라마 보면 죽을 때 유언은 꼭 하고 죽는데, 자이구루 너무하지 않냐? 나르샤하고 쫑파티도 안 하고. 나르샤에 대한 마음이 딱 이 정도라는……"

오늘부터 자이구루가 학교에 안 나온다고 했다. 나는 가슴이 텅 비어버린 느낌이었다.

"그럼 수행평가 안 내도 되는 거야?"

"그건 메일로 제출하라고 했다던데?"

세영의 호들갑에 원빈이 쐐기를 박자 아이들이 덩달아 동요했다.

"지독하다, 정말! 잠자리는 죽어서도 날개를 접지 않는다고 하더니 꼰대들은 죽어서도 수행평가 수행평가 할 거야."

절대 공감이었다. 그런데 마음이 왜 이렇게 허전한가. 자이구루를 볼 수 없다는 건 바라보기만 해도 든든한 산 하나가 사라진 거나 다름없었다.

"그나저나 자이구루도 없고, 우리 나르샤의 운명은 이제 어떻게 되는 거냐?"

"줄 끊어진 연, 엄마 없는 하늘 아래지 뭐."

"우리도 곧 졸업반인데 동아리보다는 각자 진로에 맞춰 뭔가를 해야지."

'각자'와 '진로'라는 단어가 너무 명쾌해서 멀리 튕겨 나갔다.

아이들이 제각각 흩어지자 난데없이 찬바람이 불고 체감온도가
뚝 떨어졌다. 원빈이 따라와주는 게 그나마 위안이었다.

"자이구루가 너네 아빠라도 되냐? 얼굴 좀 펴라. 글고 너 앞으
로 멸치 대신 이거 먹어. 칼슘이 사과의 열 배나 된대."

칼슘, 소리에 귀가 번쩍 뜨였다. 게다가 이건 어디서 많이 맡아
본 냄새였다.

"설마 서방님이 유통기한 지난 걸 주겠냐? 콩콩거리기는."

"혹시 유자 들어간 거야?"

"누가 개코 아니랄까 봐. 이게 바로 유자마들렌이라는 거야. 나
한테 제과제빵사 자격증을 안겨줄 효자 품목!"

쌉싸래한 유자 향이 솔솔, 쫄깃하게 씹히는 과육, 부드럽고 촉
촉한…… 바로 내가 찾던 맛이었다. 이런 거라면 한번 만들어보
고 싶었다. 뭉글뭉글 괴어오던 서글픔마저 녹여주고 있지 않은가.
또 골다공증의 특효약인 칼슘까지 듬뿍이라니. 엄마가 바라는 자
유의 맛도 이런 게 아닐까?

"자이구루!"

원빈은 기회를 놓칠세라 제과제빵반에 가자고 했다. 담당 선생
이 이번 대회에 둘이 한 조로 나가보라고 했다고, 환상의 복식조
가 될 거라며 우쭐했다. 대꾸하지 않자 일단 실습이나 해보라고
집요하게 꼬드겼다. 못 이기는 척하고 해볼까? 아니, 쉽게 결정할

문제는 아니었다. 순간, 원빈이 일급 뉴스라며 자이구루를 들먹였다. 그가 갔다는 아프리카를.

아프리카의 입구에는 커다란 간판이 걸려 있었다. '성심으로 모시겠습니다.'

실내는 조용한 것은 물론, 조명도 어둡고 퀴퀴한 냄새가 났다. 일렬로 늘어선 방마다 침대에 누워 있는 환자들뿐이었다.

"야, 저기!"

초록색 앞치마를 두른 채 환자의 침대에 걸터앉은 실루엣이 낯익었다. 자이구루! 반가운 나머지 하마터면 소리쳐 부를 뻔했다. 원빈이 쉿, 하고 주의를 주었다.

동생, 나 아들한테 데려다줘. 아들 여기 있잖아요. 내가 돈 줄게. 그러니까 나 좀…… 제가 아들이에요. 어머니, 제가…… 동문서답의 연속이었다. 대붕의 깊은 뜻이 어쩌고 하면서 부모님 전기문을 써 오라더니 이유가 있었던 거다. 차마 병실로 들어서지 못하고 돌아섰다.

"너도 엄마한테 잘해라. 자이구루!"

"너나 잘하세요."

"아까 하던 얘기 계속하자. 그러니까 그게, 빵 만들고부터 내가 달라지는 걸 느낀다는 거."

"유들유들해진 거 아는구나? 버터 냄새도 나고."

"농담 아니야. 요즘 내 기분이 어떤지 아냐?"

"어떠신데요?"

"전이나 지금이나 행인1인 건 마찬가진데 누가 시켜서 하는 행인1이 아니라 내가 하고 싶어서 하는 행인1인 거. 남의 옷만 빌려 입다가 드디어 내 옷을 입은 느낌인 거."

"워워!"

"네가 제과제빵반에 들어오기만 하면, 내가 반죽에 설거지, 뭐든 다 해줄게."

어느새 원빈의 손이 내 손에 닿을락 말락 했다. 어라, 은근슬쩍 손까지 잡으려고? 어림없지.

"야!"

순간, 나뭇가지에서 막 떨어진 단풍잎이 원빈의 어깨 위에 내려앉았다. 원빈의 얼굴이 단풍잎이었다.

너를 만나고 나는 달라졌어. 너에게 반해버린 내 모습
나도 몰라보겠어……

음정·박자 무시, 또 시작이었다. 이걸 언제까지 들어줘야 하나. 차라리 유자마들렌 쪽이 낫지. 리허설 먼저 해본 뒤에 생각해보겠다고 했다. 리허설? 원빈의 눈동자가 커졌다.

"우리 집에 갈 곳 없어 방황하는 유자가 좀 있거든. 콜?"

원빈이 양팔을 번쩍 들어 올리며 자이구루, 하고 외쳤다. 입이 귀에 걸린 채 빵을 만드는 데는 재료는 물론이고 집기 하나도 중요하다며 연방 침을 튀기더니, 마트에 가자고 했다.

원빈의 재료 고르는 솜씨가 여간 섬세한 게 아니었다. 처갓집 첫 방문인데 빈손으로 갈 수는 없다며 꽃다발까지 안기는 데는 나도 두 손 들었다.

"내가 체 칠 테니까 너는 오븐 데워. 냉장고에서 달걀도 좀 꺼내고. 참, 버터도 갈색이 나게 살짝 태워서 식히고……"

얼씨구! 이제 아예 조수로 부리려고? 좋아, 이번에는 어쩔 수 없이 봐주겠지만 다음번엔 각오하시라.

달걀을 풀고 유자를 갈아 설탕과 섞는 것은 원빈이, 거기에 체 친 가루를 넣고 섞는 것은 내가, 팬에 버터를 바른 뒤 반죽의 팬닝은 교대로. 모든 걸 원빈이 지시하면 내가 따르는 식이었다. 처음인데도 손발이 척척 맞았다.

"오븐의 온도는 170도, 굽는 시간은 10분 30초……"

굽는 시간이 원래는 10분인데 사랑의 온도 30초가 더 필요하다나. 그러면서 또 눈을 찡긋했다.

오븐에서 고소한 냄새가 새어 나오자 입에 침이 고였다. 드디어 오븐을 여는 일만 남았다.

"짜잔!"

이건 뭔가? 구름 위에 떠 있는 느낌, 하늘을 나는 것도 같고. 잡힐 듯 잡힐 듯 아련한, 이 낯선 뜨거움의 정체는? 아니, 야릇한 설렘과 미친 존재감은 어디서 오는 건가.

연극이 파도 같은 그리움이라면 이건 투명한 밧줄 같다고 해야 하나. 자이구루도 과학 선생이라는 꿈이 생겼을 때 그랬다고 했는데. 드디어 나에게도 꿈이 생긴 걸까? 어디선가 휘파람새의 노래가 들려왔다. 호오, 호케꾜, 케꾜!

청개구리 심야식당

오늘은 몇 명이나 올까. 은근히 기다려지는 수요일 저녁이었다. 부천역 광장 한쪽에 천막을 지어 올리고 접이식 식탁을 폈다. 네 개의 식탁을 두 개씩 붙여놓고 물통을 비롯해 각종 주방 기기들을 옮겼다. 난로와 소도구들도 제자리를 찾아놓고, 다음은 식재료 분류였다. 겨울에는 뭐니 뭐니 해도 어묵 국물이었다. 무와 북어 머리, 국간장, 국물용 멸치를 넣고 끓이다가 다시마를 넣어 우리기 시작했다. 고기는 밑간을 해서, 생선은 소금을 뿌려서 숙성시켰다. 닭꼬치 초벌구이까지 끝내고 나니 마음이 한결 여유로워졌다. 쌀을 씻을 차례였다. 포차이니만큼 어묵과 꼬치, 닭발은 기본이고 밥도 빼놓을 수 없었다. 이 포차 주인의 고집이었다. 일주일에 한 번, 매주 수요일 저녁 6시부터 10시까지는 술을 팔지 않고 거리를 방황하는 아이들에게 공짜 밥을 주는 시간으로 정해놓았다. 2년 남짓 그렇게 하고 있는데, 입소문이 나서 드나드는 아이들이 꽤 많았다. 오늘처럼 추운 날에는 양은 도시락을 난로에 데워 먹는 맛이 그만이었다. 물론, 아이들은 밥보다는 어묵과 닭꼬치를 더 좋아했다.

한아가 포차 안으로 들어왔다. 돈을 빌려 간 뒤 한 달 동안 코빼기도 비치지 않았었다. 빼빼 마른 어깨에 기타를 멨다. 처음 보는 모습인데도 늘 메고 다녔던 것처럼 기타가 몸에 착 붙었다. 초록색으로 물들인 머리에 하얀 헤어밴드를 해서인지 초원을 달리는 토끼의 이미지가 연상되었다. 한 주 걸러 한 번꼴로 오는데, 올 때마다 머리색이 바뀌기에 미용을 배우는 애인가 했다. 세번째 봤을 때 나를 포차 밖으로 불러냈었다. 돈 있으면 좀 빌려줄래요? 돈? 별로 없는데. 얼마 있는데요? 3만 원. 그거 빌려주면 안 돼요? 비상금이야. 비상금은 이런 데 쓰라고 모으는 거 아닌가? 꼭 필요한 사람한테 빌려주는 거. 몇 번이나 봤다고 돈을 빌리나, 하는 생각이 들고 은근슬쩍 반말하는 것도 거슬렸다. 하지만 다급한 속사정이 있을 수도 있겠지 싶어 떼이는 셈치고 빌려주었다. 2주일 뒤에 왔을 때 머리색이 바뀌어 있었다. 빌려 간 돈에 대해서는 일언반구도 없었다. 한 번만 눈감아주자 했던 것이 벌써 세번째였다. 두번째로 돈을 빌려 간 것은 포차를 철수할 무렵이었다. 추레한 개 한 마리를 맡겨놓고 가면서 개 사룟값이 필요하다고 했다. 다음 날 개는 찾아갔는데 돈은 갚지 않았다. 언제 어떤 일로 사람을 곤경에 빠뜨릴지 모를 애였다.

설마 오늘도 돈을 빌리거나 엉뚱한 짓을 하지는 않겠지? 그러기만 해봐라. 따끔하게 주의를 줘야지.

한아가 나를 본 척도 하지 않고 늘 앉는 자리, 광장과 맞닿아 있는 곳에 앉았다. 앉자마자 이어폰을 낀 채 휴대전화를 들여다봤다. 음악을 듣는지 고개를 끄덕거리는 모습이 토끼가 깡충대는 것 같았다. 열대여섯 살이나 먹었을까. 올해 늦은 봄, 처음 봤을 때의 기억이 아직도 생생했다.

키는 껑충하고 헐렁한 남방에 찢어진 청바지 차림이었다. 짧게 커트한 분홍색 머리가 먼저 눈에 들어왔다. 포차 안으로 불쑥 들어와서 포차 주인이 반겨도 눈길 한번 주지 않았다. 콜라를 가져다가 병째 마시고 다리를 꼬고 앉아 휴대전화만 들여다봤다. 무시당할까 봐 센 척하는 게 몸에 밴 아이. 초등학교는 어찌어찌 졸업했는지 몰라도 중학교는 얼마 버티지 못했을 거라고 짐작됐다. 네 후배다. 가출 후배. 잘해줘라. 포차 주인의 말이 아니어도 왠지 마음이 가는 아이였다.

1년 전, 나도 오갈 데가 없었다. 고등학교 졸업을 두 달 앞둔 초겨울이었다. 집을 나와 여기저기 헤매고 다니다가 역 광장을 어슬렁거렸다. 돈이 있었다면 어디로든 떠났을 테지만 빈털터리였다. 날은 춥고 배는 고프다 못해 명치가 아팠다. 더는 걸어 다닐 기운도 없을 즈음, 발이 절로 이 포차 앞에서 멈춰 섰다. 밥 냄새가 났다. 눈에 보이는 게 없었다. 단숨에 밥 한 공기에 우동까지 한 그릇 뚝딱 해치우고는 '배 째라'로 나갔다. 주인이 멱살을 잡고 호통을 치기는커녕 배고프면 아무 때나 와서 먹으라고 했다. 자기도 어렸을 때 밥을 굶은 적이 많았다면서. 그냥 괜찮아, 하고 등을 도닥여주는 느낌이었다. 염치 불구하고 다음 날 다시 갔는데 주인이 밥값 대신 포차에서 일을 도우라고 했다. 마다할 이유가 없었다. 밥값을 할 수 있다는 게 뿌듯했다. 주인이 밥값을 제한 시급을 내밀었을 때 민망해서 거절했다. 너, 제법 눈썰미도 있고 손이 재바르더라. 한 며칠 아르바이트 삼아 나 좀 도와줄래? 그렇게 시작한 일이 벌써 1년이 되었다. 그사이 주인의 배려로 한식 요리사 자격증도 땄다. 석 달 전, 주인이 교통사고로 크게 다쳐 아직 입원 중이었다. 그의 아내는 포차를 접자고 했지만 그는 내가 당분간 맡아주기를 바랐다. 아르바이트비만 받겠다고 했는데 그가 수익금의 절반을 나누자고 했다. 그저 믿고 맡겨주는 그가 고마우면서도 은근히 부담스러웠다.

"왔냐?"

대답은 기대하지 않고 한아에게 말을 걸었다. 역시 대답이 없었다. 꾹 다문 입술에 눈빛이 깊고 단단했다. 한아의 휴대전화에서 음악이 흘러나왔다. 요즘 핫한 랩이었다. 템포를 따라 오이채를 썰다가 그만 헛손질을 했다. 손가락에 피가 비쳤다. 손가락을 입에 넣었다가 빼면서 한아를 곁눈질했다. 천막의 창문 구실을 하는 투명 비닐 밖, 광장에 한아의 시선이 꽂혀 있었다. 광장에서는 청소년 연합 동아리의 밴드 공연 준비가 한창이었다.

포차 주인의 말로는 한아가 처음 여기에 나타난 것은 지난해 가을이었다. 엄밀히 말하면 이 포차가 아닌, 역 광장이었다. 대낮부터 광장을 어슬렁거리다가 어둠이 내리면 이 사람 저 사람 붙잡고 돈을 구걸하더란다. 키가 크고 목이 길어서인지 몸이 길쭉한 새가 먹이를 찾는 모양새였다. 그때까지만 해도 그저 무심히 보고 지나쳤다. 그런데 한 달쯤 보이지 않다가 다시 불쑥 나타났다. 그것도 밴드 공연장에. 무대에서 노래를 하는데 목소리가 맑고 호소력이 있었다. 요즘 애들이 부르는 노래가 아닌, 유행이 지난 노래를 부르는 것도 인상적이었다. 그 뒤로 혹시나 하고 공연장 주변을 기웃거렸지만 한동안 보이지 않았다. 한 달쯤 지나 비가 억수같이 쏟아지는데 한아가 포차로 뛰어들어 왔다. 비 그치면 나갈게요. 지난번에 보니까 노래 잘하던데? 밥 좀 먹을래? 주인이 물어도 시큰둥한 표정을 지을 뿐이었다. 난 공짜로 공연 봤으니까 넌 공짜로 밥 먹어라. 밥은 됐고, 닭발 주세요. 소주 한 병하고요. 미성년자한테는 술 안 파는데. 제가 미성년자로 보여요? 민증 깔까요? 위조한 걸 알면서도 물컵에 소주를 따라 주었다. 소주 반병과 닭발 한 접시를 순식간에 비우고는, 배가 고파서 먹긴 했지만 맛이 구리다는 거야. 톡 쏘는 맛이 있어야 하는데 맵지도 않고 달지도 않고 밍밍하대. 요즘 대세가 맵고 달달한 거라는 걸 그때 알았지 뭐냐. 그래서 이 맛이 탄생한 거다. 이 포차의 인기 메뉴가 됐지. 그러니까 한아한테는 뭐든 공짜로 줘도 돼. 근데 애가 통 밀먹질 않아. 참, 한아 있을 때 웬만하면 고등어구이는 하지 마라. 냄새만 나도 질색해. 한아가 코를 잡고 인상 쓰는 흉내를 내면서 그가 웃었다. 그때까지만 해도 그도 한아가 가출한 것은 몰랐다. 한 날은 포차를 다 접을 때까지 안 가고 있더라. 집에 안 가느냐고 했더니, 집이 없다는 거야. 정 갈 데 없으면 우리 집에 가자고 했지. 아무 말 안 하고 따라오더라. 자식이 없어서 그런지 마누라가 그 애한테 푹 빠져서 지극정성이었지. 집에 활기가 도니까 나도 좋더라. 며칠 잘 지냈는데 반찬으로 고등어구이를 해줬더니 왜 이딴 걸 주느냐고 하면서 그 길로 집을 뛰쳐나갔어. 얼른 뒤따라 나가 보니 골목에서 토하고 있지 뭐냐. 요즘 애들이 생선을 안 좋아하는 건 알지만 그런 앤 처음 봤다. 마누라는 알레르기가 있는 거라고 하더라만. 내 생각엔 다른 이유가 있지 싶은데 알 수가 있어야지. 아무튼 애가 좀 맹랑하긴 해도 은근히 사람을 끄는 구석이 있단 말이야……

나는 한아 옆으로 다가갔다.

"근데 웬 기타?"

"누가 주운 건데 가지래서."

"그러니까 선물 받은 거네."

"주워서 준 거라니까."

"너한테 줬으면 그게 선물이지. 근데 기타 잘 치냐?"

"쪼금."

"어, 쪼금이 아닌 거 같은데?"

"쪼금이라니까. 학원도 안 다녔는데 잘 칠 리가 있겠어?"

"그럼 독학? 그건 진짜 실력가만 하는 거야. 한번 쳐봐라. 들어

보게.”

“됐어.”

치지도 않을 거면서 기타는 왜 갖고 다니냐고 했더니 칠 일이
생길 수도 있으니까, 라고 했다. 혹시 선물한 사람한테 보여주려고
그러냐고 물었다. 주워 온 사람이라고 못을 박듯 하고는 휴대전화
로 눈을 돌렸다. 나는 주방으로 가서 밥을 안쳤다.

“근데 오빠 왜 이런 데서 일해?”

“너 같은 애들 때문에. 청개구리처럼 말 안 듣지, 집도 싫다, 쉼
터도 싫다, 여기저기 떠돌잖아. 밥 먹을 데 없으면 와서 먹으라고.
뭐, 일주일에 한 번이지만.”

“치! 그건 주인아저씨가 하는 거잖아.”

“그건 그런데, 나도 아저씨랑 생각이 같거든. 그러는 넌 왜 여
기 오냐? 뭘 먹는 것도 아니면서.”

“여기 오는 게 아니라 역에 오는 거야.”

“역엔 왜?”

“사람들이 왔다 갔다 하잖아. 떠났다가 다시 돌아오고, 또 떠나
고……”

그 말이 가슴 한구석을 툭 건드렸다. 어디 가고 싶은 데라도 있
냐고 물었다. 지도의 남쪽 끝이라고만 했다. 거긴 왜 가고 싶으냐
고 했더니 그냥 아는 사람 고향이라고 했다. 아는 사람은 없지만
지도의 남쪽 끝이라면 나도 한번 가보고 싶었다. 기회 되면 같이
가자고 했더니 입술에서 바람 빠지는 소리를 내는데, 싫지는 않은

표정이었다. 밥솥에서 김이 피어오르고 냄새가 퍼졌다.

"밥 다 됐는데 좀 먹을래?"

"그딴 거 안 먹어."

부모님은 뭐 하시냐고 물었을 때 그딴 거 안 키워, 라고 했던 말투였다. 한아가 두 살 때 엄마가 집을 나가고 그다음 해에 아빠가 재혼했다. 그때부터 한아는 할머니 손에서 자랐다고 했다.

"너, 세상에 밥 냄새만큼 좋은 냄새가 없다는 거 아냐? 밥 냄새 맡으면 속에 있는 응어리가 다 풀려. 좀 먹어봐. 인스턴트만 먹지 말고."

"치, 꼰대 같아."

"학교 안 다닌 지 오래되니까 가끔 꼰대도 그립더라. 잔소리 같은 거도 좀 들어보고 싶고."

"오빠도 자퇴했어?"

"자퇴? 그냥 안 간 것도 자퇴라면 자퇴겠지."

"난 아침에 일어나는 거 귀찮아서 안 갔는데……"

어차피 자기는 개미과는 아니고 베짱이과라고 했다. 죽어라 일만 하는 개미는 자기 취향이 아니라고. 베짱이처럼 삶을 즐기는 게 목표라나. 솔직히 베짱이가 없으면 개미도 의미가 없는 거 아니냐고. 엉뚱한데도 제법 논리가 있었다.

"오호, 베짱이 님은 학교 안 가니까 좋으신가?"

"그냥 편해. 인생 뭐 있나? 편하면 장땡이지."

이런 말을 할 때는 애늙은이가 따로 없었다. 그래, 마음이 시키는 대로 사는 거지, 라고 맞장구를 쳐주었다. 한아가 나를 빤히 바라보더니 세상 다 산 사람처럼 한숨을 내쉬었다.

"너답지 않게 웬 한숨?"

"오빠가 날 알아? 뭘 아는데?"

"사람 알고 보면 다 거기서 거기니까."

한동안 무슨 생각에 잠겨 있던 한아가 푸념하듯 말을 이었다.

학교를 그만두자 시간이 남아돌았지만 딱히 하고 싶은 것도, 할 수 있는 것도 없었다. 시설이나 쉼터는 지켜야 할 규칙이 많아서 오래 있지 못했다. 팸에도 한 번 들어갔는데 돈을 못 벌어온다고 왕따를 시켜서 바로 나왔다. 여기저기 돌아다니다가 건설 현장이나 공중화장실 같은 데 숨어들어 잠을 잤다. 이따금 밥을 사주겠다는 사람을 만나기도 했는데 밥을 먹은 뒤에는 대가를 치러야 했다. 그것도 몇 번 하다 보니 할 짓이 아닌 것 같아서 그만두었다. 그 뒤로 역 광장에서 돈을 구걸했다. 지방에서 올라왔는데 지갑을 잃어버렸다고 하면 넘어가는 사람이 더러 있었다. 그 돈으로 끼니를 해결하고 머리를 염색했다. 머리 색깔을 바꾸면 다른 사람이 된 기분이었다. 그 기분 때문에 먹는 것은 포기해도 염색은 포기하지 못했다. 구걸에도 싫증이 났을 즈음 호구를 잡았다. 오빠 같은, 하면서 깔깔 웃었다.

"뭐? 내가 호구?"

"돈 안 갚는데 신고도 안 하잖아."

"애가 뭘 모르네. 신고보다 더 무서운 게 이자야. 고리대금으로 받을 거니까 그리 알아라.”

한아는 귓등으로도 안 듣는 눈치였다.

“이런 거 해서 뭐 해? 돈도 못 버는데.”

“돈 때문에 하는 거 아니다. 요리가 좋아서 하는 거지.”

나름 자부심을 갖고 한 말인데, 한아가 그럼 정식으로 요리사가 되지 왜 이런 데서 일을 하냐고 따지고 들었다. 나는 요리사 자격증이 있다고 말하면서 으쓱했다. 그런데 음식 비주얼이 그게 뭐냐고 한아가 맞받았다. 음식은 비주얼보다는 맛이라고, 먹어나 보고 말하라고 했다. 한아가 다시 입술에서 바람 새는 소리를 냈다.

“닭발 해줄까? 좋아한다며?”

“구려.”

“그럼 오돌뼈? 내 전공이거든. 밥 위에 날치알하고 김가루랑 올려 먹으면 꼬들꼬들한 게 끝내줘.”

“존나 구려. 까르보나라 떡볶이나 닭다리 순살 치킨 같은 거 없어?”

“여긴 퓨전 음식점이 아니거든요.”

“그러니까 장사가 안 되지.”

할 말이 없었다. 메뉴를 퓨전으로 바꿀까도 생각해봤는데 주인의 생각은 달랐다. 남들 다 한다고 따라 하면 안 돼. 이 포차만의 메뉴를 고수해야지.

한아가 쫀득이를 길게 늘였다가 입안으로 밀어 넣으며 광장을 내다봤다.

초등학교 5학년인 성호와 또래로 보이는 아이가 들어섰다. 성호는 석 달 전부터 매주 꼭 들르는데 올 때마다 다른 아이와 함께 왔다. 처음 봤을 때부터 차림새며 행동이 사는 집 아이 티가 났다. 두번째 왔을 때 지나가는 말로 부모님에 대해 물었다. 엄마는 일찍 돌아가셔서 얼굴도 생각 안 나고, 아빠는 곧 재혼할 거라고 했다. 대놓고 오지 말라고 할 수는 없고, 여기는 집이 없거나 돈이 없어서 밥을 못 먹는 아이들만 오는 데라고 타일렀다. 고개를 끄덕이고 가더니 한 달 뒤에 다시 왔다. 새엄마가 밥을 안 준다고 했다. 거짓말이라는 걸 알면서도 마음 붙일 데가 없어서 그러지 싶어 눈감아주었다. 성호는 닭꼬치를 좋아했다.

　"형, 배고파요. 빨리 주세요."

　한아가 조용히 하라고 탁자를 쳤다. 성호가 움찔하더니 눈을 흘겼다. 한아가 벌떡 일어나 성호에게 다가갔다.

　"쪼끄만 게 벌써부터 공짜나 밝히고. 이제 오지 마. 알았지? 또 오기만 해봐라, 그냥."

　한아가 성호의 머리를 쥐어박았다. 누나, 조용히 할게요. 성호가 금세 꼬리를 내렸다. 근데요, 얘는 정말 집 나왔어요. 같이 온 아이를 가리키며 말했다. 이번에는 그 애를 향해 한아가 주먹을 들이댔다. 쪼끄만 게 어디서 집을 나오고 그래? 당장 들어가. 알았지? 안 들어가면 경찰에 신고한다. 알았어, 몰랐어? 알았어요. 둘 다 한아의 눈치를 보느라 닭꼬치를 먹는 둥 마는 둥 하고 포차를 나갔다.

"고추장 불고기 돼요?"

영제가 장난스럽게 웃으며 들어왔다. 늘 그렇듯 손에 책이 들려 있었다.

"넌 만날 고추장 불고기밖에 모르냐? 입맛 좀 바꿔라."

"그게 좀 중독성이 있는 거 같아. 비결이라도 있냐?"

"밑간 양념은 주방 기밀이고, 다른 건 말해줄 수 있지. 야채를 먼저 볶고, 익으면 양념에 재어놓은 주재료를 넣어. 중요한 건 불이야. 센 불에서 빨리 볶아야 돼."

한아가 지렁이 쫀득이를 길게 늘이며 입을 삐쭉거렸다.

"한아 너도 좀 먹을래? 만드는 김에 2인분 만들게."

한아는 들은 척도 하지 않고 길게 늘인 쫀득이를 입에 넣었다. 새의 부리 속으로 들어가는 지렁이처럼 순식간에 쫀득이가 사라졌다. 고기가 익으며 냄새를 풍기자 한아가 코를 쥐고 밖으로 나갔다.

"쟨 누구냐?"

"한아라고, 가끔 오는 애야."

"이름이 하나야?"

"한. 아."

"한아나 하나나. 암튼 둘이 아니라서 다행이네. 저런 애가 둘이면 어쩔 뻔했냐? 온몸에서 자유의 냄새가 물씬 풍기는데?"

"맞아, 언제 어디로 튈지 모르는 애야."

"근데 말이야, 왠지 낯이 익다 했는데 광장에서 유기견들을 데리고 있던 애네."

"유기견을? 쟤가?"

"일요일에 근처에 일이 있어서 나왔다가 봤어. 애니멀 러브였나, 로고가 박힌 띠를 두른 걸로 봐서 유기견 분양 나온 자원봉사자 같던데?"

"쟤가 유기견 분양 자원봉사? 에이, 네가 잘못 봤겠지."

"쟤 맞아. 나도 처음에는 긴가민가했는데 머리 색깔 보니까 확실해. 저런 색깔 머리 하고 다니는 애가 어디 흔하냐?"

유기견 분양 자원봉사라니. 놀랍기도 하면서 한편으로는 한아라면 그럴 수도 있겠다 싶었다. 센 척해도 마음은 여린 애니까. 저번에 다짜고짜 맡겼던 개에 대한 의문도 비로소 풀렸다.

"그나저나 이번엔 또 무슨 책이냐?"

"무슨 책인지 알아서 뭐 하냐? 보지도 않을 거면서."

"그건 그런데, 정신병원은 다 책 많이 읽은 사람들이 간다기에 걱정돼서."

"그게 왜 걱정할 일이야? 거기 가서 죽을 때까지 책만 볼 수 있다면 좋기만 하지. 그러는 넌, 불 앞에서 음식 만드는 게 재미있냐?"

"재밌다 뿐이냐, 내가 만든 걸 누가 맛있게 먹어주는 거 보면 얼마나 뿌듯한데."

"야, 좀 오글거린다. 근데 언제까지 여기서 이러고 있을 거냐? 복학 안 해?"

"글쎄다. 요리하는 데 졸업장이 필요한 것도 아니고."

"그래도 나중을 생각해서 졸업은 해두는 게 좋지 않겠냐?"

"주인아저씨 퇴원하면 생각해보려고. 검정고시를 치든 복학을 하든. 그때 가면 뭐 어떻게 되겠지."

"집엔 안 들어갈 거냐?"

아버지를 다시 볼 수 있을까. 자신이 없었다. 넌 뭐가 될 건지 생각해봤냐? 요리사 하면 잘할 거 같아요. 단박에 아버지의 손이 뺨으로 날아왔다. 말로 하면 되지, 애를 왜 때려? 엄마는 매번 내 편을 들다가 아버지에게 맞았다. 누나는 말리다가 맞고 형은 느물대면서 피했다. 모두 아버지와 떨어져 살고 싶어 했다. 형은 기숙사가 있는 대학교에 들어갔고 누나는 일찍 결혼해서 집을 떠났다. 결국 집에 남은 엄마와 내가 돌아가며 맞았다. 엄마가 갑자기 쓰러져서 의식을 잃자 아버지는 나를 탓했다. 주먹을 휘두르는 것도 모자라 손에 잡히는 것마다 나에게 집어 던졌다. 남아나는 물건이 없고 내 몸은 멍 아닌 데가 드물었다. 아버지와 나, 둘 중 하나가 사라져야 그 전쟁이 끝날 것 같았다. 엄마의 장례를 치른 뒤 부조금의 일부를 훔쳐 집을 나왔다.

"아직 잘 모르겠어. 시간이 해결해주겠지."

"어쨌거나 아버지가 아니었으면 너도 없었다는 거 잊지 마라."

이럴 때는 나이가 같은데도 영제가 형 같았다. 학교를 그만둔 뒤 친구 하나가 없었는데 영제를 만난 것은 행운이었다.

집을 나온 지 이틀째 되던 날, 찜질방에서 돈을 모두 잃어버렸다. 다음 날 하루 종일 굶다가 삼각 김밥이라도 훔칠 작정으로 편의점에 들어갔다. 김밥을 들고 나오다가 아르바이트하는 애와 눈이 마주쳤는데 그 애가 들고 있던 음료수 상자를 떨어뜨렸다. 김밥을 훔친 건 난데 그 애가 더 겁을 먹은 것 같았다. 골목에 서서 욱여넣은 김밥이 목에 걸려 넘어가지 않았다. 그 뒤로 그 애의 표정이 자꾸 생각났다. 이 포차에서 아르바이트를 하게 된 뒤 김밥과 음료수 값을 갚으러 갔다가 그 애와 이런저런 대화를 나누었다. 그 뒤로 둘도 없는 친구가 되었다. 영제는 집안 형편이 어려워서 학교를 다니는 중에도 틈틈이 편의점에서 아르바이트를 했다. 나보다 한 해 늦게 학교에 들어가서 아직 졸업 전인데 벌써 내로라하는 금융권에 취업했다.

"이제 가봐야겠다. 다음 주부터 연수원에 들어가서 당분간 못 올 거야."

영제를 배웅할 겸 나도 포차를 나왔다. 포차를 잠시 비워도 도난 사고 걱정은 없었다. 훔쳐갈 것도 없을 뿐 아니라 바로 옆에 있는 파출소 덕을 톡톡히 봤다.

눈이 올 것처럼 하늘이 뿌옜다. 광장에는 공연을 보기 위해 모여든 관중들로 벌써부터 시끌벅적했다. 특별한 조명이 없는 무대에서 이따금 불빛이 터졌다. 무대 세팅을 하는 사람들의 목소리가 스피커에 잡혔다. 보컬이 아직 안 왔다, 못 올 것 같다…… 당혹스러운 표정으로 마이크를 조절하고 소품들을 옮기고 있었다. 불협화음을 내던 키보드와 베이스기타, 드럼의 음이 제자리를 찾왔다. 마이크에서 보컬을 대신할 사람을 찾는 소리가 흘러나왔다. 여기저기서 웅성거렸다. 누군가가 무대 앞으로 나갔다. 나는 내 눈을 의심했다. 한아!

전주가 끝나고 한아의 노래가 시작되었다. 잔잔한 리듬과 가슴을 울리는 가사의 올드 팝, 엘비스 프레슬리의 「러브 미 텐더」. 라디오에서 가끔 나오는 노래로 나도 좋아하는 노래였다. 기타 위에서 한아의 손가락이 자유자재로 움직였다.

저 애가 조금 전까지 포차에서 휴대전화만 들여다보고 있던 애가 맞나?

Love me tender, love me sweet, never let me go. You have made my life complete, and I love you so……

소절과 소절이 이어지는 대목에서 한아가 호흡을 멈추고 밴드 멤버들과 눈짓 사인을 주고받았다. 움직임은 고요하면서도 절도가 있었다. 지나가는 사람들이 발걸음을 멈추고, 관중들이 하나둘 노래를 따라 불렀다. 내 입에서도 노래가 흘러나왔다.

노래가 끝나자 환호에 이어 앙코르가 터지는데도 한아는 뒤도 안 돌아보고 무대를 떠났다.

나는 포차로 돌아왔다. 아영과 상미, 인수가 떡볶이를 먹고 있다가 반갑게 인사를 했다.

"형, 또 밴드 공연 봤구나?"

"어떻게 알았냐?"

"만날 보러 가잖아요."

인수가 자기들은 배가 고파서 곧장 여기로 들어왔다고 했다. 셋은 같은 시설에 있다가 상미와 인수가 사귀면서 시설을 나왔다. 상미를 친언니처럼 따르던 아영이 뒤늦게 합류했다. 상미와 인수는 고등학교를 자퇴했고 아영은 중학교에 적만 둔 채였다. 셋 다 부모를 일찍 여의었는데 함께 살 원룸을 얻기 위해 각자 아르바이트를 하고 있었다.

아이들이 밀려들어 오자 셋이 얼른 일어나 서빙과 설거지를 도왔다. 오늘도 역시 도시락과 어묵이 인기였다. 어묵에 육수를 붓고 있는데 한 아이가 들어와 한아의 자리에 앉았다. 노래를 부르던 한아의 모습이 겹치고 한아의 노래가 귓가에 맴돌았다. 왜 하필 올드 팝이었을까.

10시가 되자 아이들이 다 빠져나갔다. 굳이 나가라고 하지 않아도 나름의 질서가 유지되는 건 이 포차 주인과 청개구리들 간의 암묵적인 배려가 있기 때문이었다. 숨 돌릴 여유도 없이 술손님들이 들어왔다. 순식간에 자리가 꽉 찼다. 여기 소주 한 병이요. 닭발 한 접시 추가요. 오늘따라 시키는 메뉴도 가지가지였다. 계란말이와 오돌뼈, 불돼지, 닭똥집, 그 외에도 꼼장어, 삼겹숙주볶음…… 한참을 정신없이 돌아치다 보니 설거지통도 넘쳐났다. 꼼장어를 굽다가 우연히 눈이 천막 입구로 갔다.

언제 들어왔는지 한아가 서 있었다. 앉을 자리가 없어 그냥 나가버릴까 봐 마음이 쓰였다. 한아에게 손짓을 했다. 혹시나 했는데 한아가 옆으로 다가왔다. 볼이 발갛고 입술이 새파랬다. 얼른 주방용 의자를 내주고 어묵 국물을 건넸다.

"춥지?"

한아가 고개를 끄덕이며 국물을 들이켰다.

"뜨거우니까 천천히 먹어."

여기요, 빨리 안 돼요? 독촉 소리에 얼른 꼼장어를 접시에 담았다. 어묵 국물을 먹다 말고 한아가 일어섰다. 벌써 가려고? 조금 있으면 손님 빠질 텐데. 어떻게든 한아를 붙잡고 싶었다. 뭐 좀 먹고 가지? 한아가 대꾸도 없이 앞치마를 둘렀다.

"너, 뭐 하냐?"

"국물값은 해야지."

"됐어. 네가 뭘 한다고?"

"나도 식당 알바 경력 있거든!"

한아가 내 손에서 접시를 빼앗으며 서빙은 자기에게 맡기고 안주나 만들라고 했다. 얘가 왜 이러나. 주문이 밀린 터에 더 이상 실랑이할 겨를이 없었다.

한꺼번에 우르르 몰려왔던 손님들이 썰물처럼 빠져나갔다. 순식간에 휑해진 포차 안에 한아와 나만 남았다.

"고마워."

"이 정도는 껌이지. 근데 부탁 하나 해도 돼?"

부탁? 또 돈을 빌려달라고 하려나? 설마 많은 돈을 빌려달라고 하는 건 아니겠지? 혼자 머리를 굴리면서 홀을 정리하고 있는데 한아가 설거지를 시작했다. 그만두라고 해도 막무가내였다. 얘가 무슨 꿍꿍이속으로 이러는 걸까. 말려들지 말아야지. 설거지를 끝낸 한아가 앞치마를 벗고 제자리를 찾아 앉았다.

"부탁 들어줄 거지?"

"들어보고."

"나, 고등어구이 해주라."

참, 한아 있을 땐 웬만하면 고등어구이는 하지 마라. 냄새만 나도 질색해. 포차 주인의 말이 떠올랐다. 얘가 광장에서 노래를 부르지 않나, 서빙에 설거지, 안 먹던 고등어까지…… 오늘따라 안 하던 행동만 했다.

"네가 웬일이냐? 냄새 구린 걸 다 먹는다고 하고."

"오늘은 왠지 그게 땡기네."

"그래? 땡기면 먹어야지. 땡길 때 먹어야 살이 되고 피가 되거든."

내 손은 벌써 고등어의 핏물을 뺀 뒤에 깨끗하게 씻고 있었다. 물기를 없앤 고등어에 비닐장갑을 끼고 식초를 발랐다. 고등어 살에 마사지라도 하느냐며 한아가 입을 삐죽거렸다.

"내가 구이 전공이거든. 요리사 자격증 딸 때 구이가 나와서 붙었어."

"저번엔 오돌뼈가 전공이라며?"

"그랬나? 오돌뼈는 부전공이야."

석쇠에 고등어를 올려놓은 뒤 도시락을 난로 위에 얹었다. 고등어를 올려놓은 불에서 타닥 소리가 나며 구이 특유의 냄새가 번졌다. 이쯤 되면 한아가 코를 쥐고 투덜거려야 하는데 그러지 않았다.

"야, 노릇노릇하게 잘 구워졌다."

"치, 별루네."

한아 앞으로 도시락을 밀어주었다. 막상 고등어를 앞에 두고도 한아는 먹지 않았다. 젓가락을 대었다 떼고는 뜬금없이 막걸리를 달라고 했다. 안 된다고 단호하게 잘랐다. 공연 봤으면 관람료는 내야지, 안 그래? 내가 끄떡도 않자 제 손으로 막걸리를 가져다가 마개를 땄다. 얼른 빼앗았더니 노래 들은 값인데 이 정도도 안 되냐고 반박했다. 그래도 미성년자한테 술은 안 되지. 누가 마신대? 그럼 왜 달래냐? 실랑이를 하는 중에 한아의 시선이 광장으로 향했다.

"고등어랑 막걸리 마시는 거 좋아하는 사람이 있거든. 그냥 멀리서 한 잔 따라줄라고……"

그는 종종 한아와 막걸리를 마셨는데 그것도 꼭 고등어구이와 마셨다고 했다. 그래서 한아는 막걸리는 꼭 고등어구이와 마셔야 되는 줄 알았다.

나는 고등어 한 마리 더 구워줄 테니 그 사람에게 가져다주라고 했다. 한아가 대답 대신 막걸리 한 잔을 따라놓고는 혼이 나간 것처럼 앉아 있었다.

얘가 오늘따라 왜 이러나. 무대에서 노래를 하더니 흥분이 아직 안 가신 건가?

"야, 정신줄 놨냐?"

"맞아."

"뭐?"

"그런 사람이 있다고."

"누구?"

"고등어 굽는 선수."

"왜 딴소리야? 그럼, 그 사람한테 가서 구워달라고 하든지."

대답이 없었다. 나도 더 이상 말을 붙이지 않았다. 얼마쯤 지나 한아가 다시 말을 이었다.

"나만 보면 자꾸만 밥을 달라는 거야. 금방 먹고 돌아서서 밥, 밥. 또 밥, 밥. 밥…… 먹으면 똥만 싸면서. 그 소리도 듣기 싫고 똥 냄새도 지겹고, 똥 치우는 거 짜증 나서 집을 나와버렸어. 며칠 뒤에 돈 떨어져서 갔더니……"

한아가 집에 갔을 때 그는 이미 이 세상 사람이 아니었다. 여기 저기 말라붙은 똥의 흔적, 넘어진 막걸리 통 옆으로 고등어가 딱 딱하게 굳어 있었다. 똥 냄새인지 고등어 냄새인지 막걸리 냄새인 지 모를 악취가 코를 찔렀다. 바보, 왜 안 먹었어? 나 줄라고, 또 나 줄라고 안 먹었지? 먹어. 먹고 일어나란 말이야. 생전에 그가 한아에게 그랬듯 고등어 살을 발라 그의 입에 넣어주었다. 그의 입은 더 이상 벌어지지 않았다. 한아는 육포처럼 변한 고등어 살을 꾸역꾸역, 뼈에 붙은 것까지 빨아 먹었다. 눈이 폭폭 내리는 날이었다. 한아는 남아 있는 막걸리를 들이켜고 그의 옆에 누웠다. 어쩌다 눈을 뜨면 한기가 끼치고 무서웠다. 도로 눈을 감고 뜨기를, 잠이 들었다가 깨기를 몇 번이나 반복했다. 시간이 얼마나 흘렀는지 알지 못했다. 누군가가 문을 열고 들어오고, 구급차의 사이렌 소리가 나는 것까지 듣고는 정신을 잃었다. 그 뒤로 고등어 냄새만 맡아도 구토가 치밀어 고등어는 쳐다보지도 않았다.

한아가 말하는 그가 누구인지는 듣지 않아도 알 수 있었다. 나는 할 말을 잃은 채 한아를 바라봤다. 한아가 계속했다.

"만날 기차 타고 고향 가고 싶다고 하더니 고향에도 못 가보고……"

"하늘나라에서는 어디든 갈 수 있으니까 벌써 다녀오셨을 거야."

"밤만 되면 나보고 기타 치면서 팝송을 부르래. 아는 팝송이라곤 그거 딱 하나면서, 발음도 존나 구리고……"

기타 학원도 보내준다고 말만 하고 안 보내줬다고 한아가 또 입을 빼죽거렸다.

You have made my life complete, and I love you so.

나도 모르게 노래가 흘러나왔다. 내 발음이 그 사람 발음보다 더 구리다며 한아가 깔깔댔다.

"근데 아까 내가 노래 부르니까 잘한다, 우리 한아 노래 잘한다, 그러는 거 있지. 내 노래가 천국까지 들린대. 아니다. 내 노래가 들려서 거기가 천국이래."

어느새 포차 안에 고등어구이 냄새가 진동했다.

"우리 밥 먹자. 밥 먹어야 노래도 하지. 노래는 뱃심이라는데."

"뱃심은 무슨, 배짱만 있으면 되는 거지."

한아가 계속했다. 베짱이가 왜 베짱인 줄 아냐고. 모르겠다고 했더니 배짱이 좋아서라고 했다. 일도 안 하고 노래만 부르는데 그 정도면 배짱이 좋은 거 아니냐고. 그것도 맞는 말이라고 맞장구를 쳐주고는 우선 밥이나 먹자고 했다. 한아가 도시락을 손으로 감쌌다.

"100년은 산 거 같은데 겨우 열여덟이야."

"야, 너 동안이다. 난 더 어리게 봤는데."

"치! 난 반납할 거야."

"반납? 뭘?"

"18."

"오호, 18세를 반납합니다. 그런 거냐?"

"왜, 그러면 안 돼?"

"안 되긴. 나도 하고 싶다, 반납."

상처와 아픔을 반납한다니, 속이 후련했다.

"이거 누구랑 같이 밥 먹어본 게 얼마 만인지 모르겠네. 같이 밥 먹을 사람도 있고, 이만하면 나도 오늘 횡재했다야……"

나도 모르게 말이 많아졌다. 한아가 또 입술에서 바람 빠지는 소리를 내면서 수저를 들었다. 밥을 음미하듯 천천히 씹으며 나를 빤히 쳐다봤다.

"오빠 말이 맞네. 밥이 괜찮아, 괜찮아, 하고 말해준다는 거."

"그치? 맞지? 이제야 얘가 뭘 좀 아네. 근데 말이야, 나도 개 한 마리 키워볼까 하는데……"

"만날 여기 나와 있으면 개는 혼자서 뭐 해? 개들도 혼자 있는 거 싫어해. 안 그래도 버림받은 애들인데…… 그딴 생각은 하지도 마."

나는 말 나온 김에 유기견 자원봉사에 대해 슬쩍 물었다. 우연히 길을 가다가 유기견과 눈이 마주쳤다고 했다. 그래서 그 일을 시작했는데 얼마 전에 아르바이트생으로 발탁됐다며 으쓱했다. 그 일을 하면서 소확행, 소소하지만 확실한 행복을 느낀다고. 그거야말로 반가운 소식이었다. 한아와 손바닥을 마주쳤다. 하이파이브! 지금까지 들어본 한아의 목소리 중에 가장 크고 힘이 있었다. 한아가 수저를 입으로 가져가다 말고 나를 바라봤다. 갑자기 천막 안이 후끈해지는 느낌이었다.

천막 밖으로 하늘 한 모퉁이가 열리고 눈송이가 날리기 시작했다.

---

* 이 소설은 부천역 근처에 있는 청소년 무료 급식소 '청개구리 식당'에서 모티프를 얻었으나, 내용은 사실과 다름을 밝힙니다.

작가의 말

나는 때로 지옥의 한가운데에 있었는데, 그럴 때마다 아이들이 찾아와주었다. 그것은 우연이었을까. 어쩌면 필연이었던 것도 같다. 아이들이 쉬지 않고 이야기를 들려주었으니까. 저마다의 목소리와 빛깔을 가진 채 때로는 눈빛으로, 때로는 몸짓으로, 때로는 침묵으로…… 이야기들은 끝도 없이 피어나고 흘러 번져갔다. 그 이야기를 들으며 나는 지옥의 문을 겨우 빠져나올 수 있었다.

그런데 아이들은 나에게 이야기를 들려주면서 스스로 이야기가 되어버린 것일까. 아이들이 있던 자리에 아이들 대신 이야기들이 남아 있는 걸 보면. 이야기의 길을 따라 아이들의 자취를 더듬어보는 이 시간이 꿈속의 길을 걷고 있는 것만 같다. 어쨌거나 분명한 것은 아이들이, 아이들의 이야기가 매번 나에게 위로와 희망이 되어주었다는 것이다.

무언가에 대한 갈망과 좌절로 내 안의 도저한 고독과 대면하고 있을 때는 「52hz」의 기정과 보라가, 모두가 정오에 존재할 때 나만 자정에 존재하는 것 같았을 때는「봄이 지나가다」의 인서와 희연이, 회한과 그리움에 겨워 아득한 심연을 헤매고 있을 때는「소희」의 소희와 하영이, 내 안의 어떤 유령을 몰아내지 못해 하염없이 웅크리고 있을 때는「퍼니랜드」의 다다와 규호, 민제가, 나는 누구이며 어떻게 살아가야 할 것인가에 대한 답을 구하지 못해 속절없이 시간만 허비하고 있을 때는「유자마들렌」의 지수와 원빈이, 자신과도 세상과도 불화하여 스스로를 파먹는 것밖에는 그 무엇도 할 수 없을 때는「청개구리 심야식당」의 한아가 그랬다.

그 아이들뿐만 아니라 돌아올 수 없는 길을 떠났거나 혹은 내가 모르는 어딘가에, 그 너머에 존재하는 아이들이 내밀어준 손을 기억한다. 스스로 '18세를 반납하겠다'라고 단호히 말하며, 이제 이야기가 되어 이야기로 살아가는 아이들. 그 아이들에게 진 빚을, 내가 받은 위로와 희망을 돌려주어야 할 차례이다.

가까이서 혹은 멀리서 이야기를 들려준 아이들과 이야기를 짓고 허물며 다시 쌓는 시간을 함께해준 문우들, 남루한 영혼을 기꺼이 보듬어주고 인내해준 이들, 스스로 이야기가 된 아이들이 세상으로 나갈 수 있도록 문을 열어준 문학과지성사, 그리고 이 이야기들을 기꺼이 맞이해준 독자들께 감사드린다.

2019년 여름 즈음,

김혜정